Duas desventuras

exemplar nº 261

capa e projeto gráfico **Frede Tizzot**

encadernação **Lab. Gráfico Arte & Letra**

© Editora Arte e Letra, 2021

S 847
Stevenson, Robert Louis
Duas desventuras / Robert Louis Stevenson; tradução de Adriano
Scandolara. – Curitiba : Arte & Letra, 2021.

96 p.
ISBN 978-65-87603-18-6

1. Contos escoceses I. Scandolara, Adriano II. Título

CDD   828.9911

Índice para catálogo sistemático:
1. Contos: Literatura escocesa   828.9911 Catalogação na Fonte
Bibliotecária responsável: Ana Lúcia Merege - CRB-7 4667

Arte & Letra
Curitiba - PR - Brasil
Fone: (41) 3223-5302
www.arteeletra.com.br - contato@arteeletra.com.br

Duas desventuras

R. L. Stevenson

**trad.
Adriano Scandolara**

2021

Sobre este livro

As duas desventuras deste livro tratam dos feitos de Fettes e Keawe. Muitas vezes trágicos e por outras tantas não tão trágicos, tais feitos estão relatados nos contos *O Ladrão de Corpos* e *O Diabrete da Garrafa*.

Publicado originalmente em 1884, *O Ladrão de Corpos* teve sua primeira aparição no jornal londrino Pall Mall. Seus eventos são baseados na vida do cirurgião Robert Knox (1791–1862). Em 1828, na cidade de Edimburgo, William Burke e William Hare mataram 16 pessoas para depois venderem os corpos para as aulas de anatomia do doutor Knox. Os assassinatos e Knox foram o ponto de partida para Stevenson escrever a história.

O Diabrete da Garrafa é de 1891 e sua primeira publicação foi na revista O le sulu Samoa com o título "O Le Tala I Le Fagu Aitu". Alguns estudiosos dizem que não apenas o título, mas o texto também era em samoano. Stevenson morou em Samoa de 1890 até sua morte em 1894. Depois, o texto apareceu no New York Herald e, no ano seguinte, na coletânea *Island Nights' Entertainments* com mais dois contos escritos na mesma época.

Os dois contos aqui reunidos nunca foram publicados neste formato ou com o título *Duas Desventuras*, esta foi uma invenção de nosso editor.

O Ladrão de Corpos

Todas as noites do ano, nós quatro nos sentávamos no pequeno salão da George em Debenham— o agente funerário, o senhorio, Fettes e eu. Às vezes estávamos em maior número; mas não importava se ventasse ou fizesse chuva, geada ou neve, nós quatro ficávamos lá instalados, cada um em sua própria poltrona particular. Fettes era um velho bêbado escocês, obviamente um homem de boa educação e alguma propriedade, visto que vivia ocioso. Chegara em Debenham alguns anos atrás, quando ainda era jovem, e por uma mera continuação de vivência se tornara cidadão naturalizado. Sua capa de chamelote azul era uma antiguidade local, como a cúspide da igreja. Seu lugar no salão da George, sua ausência na igreja, seus vícios crapulosos e desonrados eram o seu hábito em Debenham. Tinha umas opiniões radicais vagas e algumas infidelidades fugazes, que ele, vez ou outra, expunha e enfatizava, cambaleando, com tapões na mesa. Bebia rum—cinco copos regularmente toda noite; e ficava sentado durante a maior parte da sua visita noturna à George, a mão direita aninhando o copo, num estado melancólico de saturação alcoólica. Nós o chamávamos de Doutor, porque parecia ter algum conhecimento especial de medicina, e era conhecido porque conseguia, com facilidade, consertar uma fratura ou reduzir o deslocamento de uma junta; mas, fora essas peculiaridades, não sabíamos nada de seu caráter ou antecedentes.

Numa noite escura de inverno—acabava de bater nove horas, pouco antes de o senhorio se juntar a nós—, havia um doente na George, um grande proprietário da vizinhança que sofrera de uma apoplexia súbita enquanto ia ao Parlamento; e, para ficar à cabeceira desse ilustre homem, convocaram, via telegrama, seu ainda mais ilustre médico de Londres. Era a primeira vez que uma coisa dessas acontecia em Debenham, pois a ferrovia era recém-inaugurada, e estávamos todos proporcionalmente comovidos pela ocorrência.

"Ele veio", disse o senhorio, após preencher e acender seu cachimbo.

"Ele?" disse eu. "Quem? Não é o médico?"

"Ele mesmo", respondeu nosso anfitrião.

"Qual seu nome?"

"Dr. Macfarlane", disse o senhorio.

Fettes estava já longe, estupidamente embriagado com a terceira dose, ora dormitando, ora encarando confuso ao seu redor; mas, com esta última palavra, ele pareceu despertar e repetiu o nome "Macfarlane" duas vezes, em voz baixa a princípio, mas com uma emoção súbita na segunda vez.

"Sim", disse o senhorio, "este é o nome dele, Doutor Wolfe Macfarlane".

Fettes ficou sóbrio num instante, seus olhos despertaram, sua voz se tornou clara, alta e firme, sua linguagem franca e impetuosa. Ficamos todos espantados com essa transformação, como se fosse um morto se levantando.

"Peço desculpas", disse. "Temo não ter prestado muita atenção à conversa. Quem é esse Wolfe Macfarlane?" E, depois, após ouvir o que disse o senhorio, "Não pode ser, não pode ser", acrescentou; "e, no entanto, eu gostaria muito de vê-lo face a face".

"Tu o conheces, Doutor?" perguntou o agente funerário, engasgando-se.

"Deus me livre!" foi a resposta, "Ele não é nenhum jovem, com certeza, e seu cabelo é branco; mas ele parece mais jovem que tu".

"Ele, porém, é mais velho, anos mais velho. Mas", com um leve tapa sobre a mesa, "é o rum que os senhores veem no meu rosto — rum e pecado. Esse homem, talvez, possa ter consciência leve e boa digestão. Consciência! Os senhores me ouçam. Julgam-me um bom cristão, velho e decente, não é?

Mas, não, eu não; eu nunca preguei. Voltaire poderia ter pregado, se estivesse em meu lugar, mas os cérebros" — chocalhando com um piparote sua careca — "os cérebros estavam claríssimos, ativos, e eu vi tudo, não deduzi nada".

"Se conheces esse médico", eu me arrisquei a comentar, após uma pausa algo temerosa, "imagino que não compartilhes da boa opinião do senhorio".

Fettes não prestou atenção em mim.

"Sim", ele disse, com uma decisão súbita, "eu devo vê-lo face a face".

Houve outra pausa, depois uma porta se fechou de repente no primeiro andar, e ouviu-se um passo nas escadas.

"Eis o médico", anunciou o senhorio. "Os senhores se arrumem e poderão encontrá-lo".

Havia senão dois degraus apenas para se ir do pequeno salão para a porta da velha Pousada George; a ampla escadaria de carvalho parava quase na rua; havia espaço para um tapete turco, e nada mais, entre o limiar e o último lance da descida; mas esse pequeno espaço toda noite se iluminava de um modo radiante, não apenas com as luzes sobre a escada e com a grande lanterna abaixo da placa, mas com o lume morno da janela do bar. Era assim que a George se promovia para os transeuntes da rua gelada. Fettes caminhou firme até o ponto, e nós, que estávamos logo atrás, vimos os dois homens se encontrarem face a face, como um deles havia colocado. O Dr. Macfarlane era um homem alerta e vigoroso. Seu cabelo branco caía sobre suas feições plácidas e macilentas, ainda que ativas. Estava vestido suntuosamente com a melhor lã e o mais branco linho, com uma grande corrente de ouro em seu relógio, e botões e óculos do mesmo material precioso. Trajava uma gravata de laço largo, branca e salpicada de lilás, e carregava no braço uma confortável casaca de pele. Não havia dúvidas de que seus anos lhe caíam bem, exalando, daquele modo, riqueza e consideração; e era um contraste surpreendente ver o nosso bebum do salão — careca, sujo, com espinhas, e vestindo uma velha capa de chamelote — confrontá-lo no final das escadas.

"Macfarlane!" ele disse um pouco alto, mais como um arauto do que como um amigo.

O ilustre doutor parou no quarto degrau, como se a familiaridade do endereçamento surpreendesse e, de algum modo, chocasse sua dignidade.

"Toddy Macfarlane!" repetiu Fettes.

O londrino quase hesitou. Ele encarou pelos mais breves dos segundos o homem diante de si, olhou de relance por trás dele com algum espanto e, depois, com um sussurro perturbado, "Fettes!", ele disse, "tu!"

"É", disse o outro, "eu! Achavas que eu tivesse morrido também? Nossa familiaridade não se perde assim tão fácil".

"Quieto, quieto!" exclamou o doutor. "Quieto, quieto! Esta reunião é tão inesperada — posso ver que estás surpreso porque eu, confesso, mal te reconheci a princípio; mas agora estou jubilante — jubilante de ter esta oportunidade. Pois, por ora, ela será um 'como vai?' e 'adeus' de uma vez só, minha carruagem me aguarda, e não devo perder o trem, mas tu podes — vejamos — sim — me dá o seu endereço, e podes contar com mais notícias minhas. Devemos fazer algo contigo, Fettes. Temo que estejas maltrapilho, mas devemos nos reencontrar, pelos velhos tempos, *auld lang syne*, como cantávamos nas ceias".

"Dinheiro!" esbravejou Fettes; "Dinheiro teu! O dinheiro que recebi de ti agora repousa onde eu o atirei debaixo da chuva".

O Dr. Macfarlane conversava com alguma medida de superioridade e confiança, mas a energia incomum dessa recusa o lançou de volta à sua confusão inicial.

Um olhar feio, horrendo, veio e passou por suas feições quase veneráveis. "Meu caro companheiro", ele disse, "que seja como quiseres, a última de minhas intenções é te ofender. Não quero me intrometer. No entanto, vou te deixar meu endereço —"

"Eu não o quero — não quero saber que teto te abriga", interrompeu o outro. "Ouvi teu nome; temi que fosse tu; quis saber se, afinal de contas, havia um Deus; e agora sei que não há. Desaparece!"

Ele ainda estava parado no meio do tapete, entre a escada e a porta; e o ilustre médico londrino, para poder fugir, era forçado a dar um passo para o lado. Estava claro que ele hesitava diante do pensamento dessa humilhação. Branco como era, havia um brilho perigoso em seus óculos; mas, enquanto ainda fazia sua pausa incerta, ele se deu conta de que o condutor de sua carruagem espiava da rua essa cena inusitada, e flagrou ao mesmo tempo nosso pequeno grupo no salão, amontoado no canto do bar. A presença de tantas testemunhas o fez decidir fugir de uma vez. Ele se agachou, arrastando a roupa contra os rodapés, e disparou como uma serpente, rumo à porta. Mas suas tribulações não haviam acabado por completo, pois, no que ele passava, Fettes o agarrou pelo braço e essas palavras saíram, sussurradas e, no entanto, dolorosamente distintas, "Tu viste aquela coisa outra vez?"

O ilustre e rico médico londrino deixou escapar um grito agudo e sufocado; ele empurrou seu inquisidor contra o espaço aberto e, com as mãos sobre a cabeça, fugiu pela porta como um ladrão descoberto. Antes que qualquer um de nós pudesse dar por conta, a carruagem já sacolejava rumo à estação. A cena terminou feito um sonho, mas o sonho deixara provas e rastros de sua passagem. No dia seguinte, o criado encontrou, quebrados no limiar, um par de óculos finos de ouro, e, naquela mesmíssima noite, estávamos todos sem ar na janela do botequim, com Fettes ao nosso lado, sóbrio, pálido e com o olhar resoluto.

"Deus nos proteja, Sr. Fettes!" disse o senhorio, voltando à posse de seus sentidos costumeiros. "O que no universo é isso? São coisas estranhas as que vens dizendo".

Fettes se virou para nós; olhou no rosto de cada um em sucessão. "Vê se dobra tua língua", disse. "Não é bom cruzar o caminho daquele homem, Macfarlane; aqueles que já o fizeram se arrependeram quando era tarde demais".

E, depois, sem mesmo terminar seu terceiro copo, e que dirá esperar pelos outros dois, ele se despediu e partiu, sob a lanterna do hotel, rumo à noite escura. Nós três nos viramos para o salão, com a grande lareira vermelha e quatro velas claras; e, conforme recapitulávamos o que se passara, o primeiro calafrio de nossa surpresa logo se transformou num brilho de curiosidade. Era tarde; foi a sessão mais tardia de que eu tive notícia na velha George. Cada homem, antes de partir, tinha a sua teoria, que estava determinado a provar; e nenhum de nós tinha qualquer outro negócio nesse mundo que fosse mais urgente do que investigar o passado de nosso companheiro condenado e surpreender o segredo que ele partilhava com o ilustre médico londrino. Não é grande coisa da qual se gabar, mas acredito que seja eu quem teve mais jeito em espremer uma narrativa disso tudo, mais do que qualquer um dos meus colegas da George; e talvez não haja agora nenhum outro homem vivo que possa contar-vos os eventos vis e antinaturais que se seguiram.

Quando jovem, Fettes estudara medicina nas escolas de Edimburgo. Ele tinha um tipo de talento, o talento de captar rapidamente o que ouvia e rapidamente assimilá-lo como se fossem suas próprias ideias. Trabalhava pouco em casa; mas era civilizado, atencioso e inteligente na presença dos seus mestres. Eles logo o reconheceram como um rapaz que ouvia com atenção e tinha boa memória; ou melhor, ele foi bem favorecido e tinha um aspecto agradável, por mais estranho que isso possa ter soado aos meus ouvidos quando eu o soube pela primeira vez. Havia, naquele período, um certo professor extramural de anatomia, que irei aqui designar pela letra

K. Seu nome, subsequentemente, era conhecido até demais. O homem que o portava esgueirava-se pelas ruas de Edimburgo disfarçado, enquanto a multidão que aplaudia a execução de Burke clamava alto pelo sangue de seu empregador. Mas o Sr. K---- estava em seu auge; gozava de certa popularidade, em parte por conta de seu próprio talento e competência, em parte por conta da incapacidade de seu rival, o professor da universidade. Os alunos, pelo menos, juravam pelo seu nome e Fettes acreditava pessoalmente, assim como os outros acreditavam, ter deitado as bases para o sucesso quando obteve os favores desse homem de fama meteórica. O Sr. K---- era um *bon vivant*, além de um professor realizado; apreciava uma citação inteligente não menos do que uma preparação cuidadosa. Em ambas as capacidades, Fettes mereceu e gozou de sua notabilidade, e pelo segundo ano de participação, ele obteve a posição semirregular de segundo demonstrador ou sub-assistente em sua aula.

No que diz respeito a isso, o fardo do anfiteatro e da docência pesavam particularmente sobre os seus ombros. Ele era responsável pela limpeza do recinto e conduta dos outros alunos e era, em parte, dever seu fornecer, receber e dividir os vários corpos. Era pelo condizente a este último — e, na época muito delicado — assunto que ele fora alojado pelo Sr. K---- na mesma ruela, e, afinal, no mesmo edifício, que a sala de dissecação. Aqui, após uma noite de prazeres turbulentos, a mão ainda trêmula, a vista ainda brumosa e confusa, que ele era convocado a sair da cama nas horas escuras, antes da aurora de inverno, pelos intrusos desesperados que guarneciam a mesa. Ele abria a porta para esses homens, há muito infames por toda a terra. Ajudava-os com seu fardo trágico, pagava-lhes seu preço sórdido e, quando partiam, ficava sozinho com as relíquias hostis da humanidade. Era a partir dessa cena que ele retornava para roubar mais uma ou duas horas de sono, a fim de reparar os abusos da noite e descansar para os trabalhos do dia.

Poucos rapazes poderiam ser mais insensíveis às impressões de se passar uma vida assim, entre as insígnias da mortalidade. Sua mente era fechada contra todas as considerações gerais. Era incapaz de ter interesse nos fados e fortunas alheias, o escravo de seus próprios desejos e ambições vis. Frio, frívolo e egoísta até o fim, ele possuía aquele módico de prudência, erroneamente chamado de moralidade, que mantém o homem distante da bebedeira inconveniente ou do roubo castigável. Cobiçava, além disso, alguma medida de consideração por seus mestres e colegas pupilos e não tinha desejo de fracassar de forma perceptível com as partes externas da vida. Assim, ele se aprazia em ganhar alguma distinção em seus estudos e, dia após dia, fingia prestar uma atenção impecável ao seu empregador, o Sr. K————. Pelo seu dia de trabalho, ele se indenizava com noites de farra estrondosa e devassa; e quando esse equilíbrio era atingido, o órgão que chamava de consciência se declarava contente.

O fornecimento dos corpos era uma fonte contínua de problemas, tanto para ele como para seu mestre. Naquela turma grande e atarefada, a matéria-prima dos anatomistas se esgotava perpetuamente; e o negócio que, portanto, se fazia necessário não era apenas desagradável por si, mas ameaçava perigosas consequências para todos os envolvidos. Era política do Sr. K———— não fazer perguntas ao lidar com o ofício. "Eles carregam o corpo, nós pagamos o preço", costumava dizer, insistindo na aliteração — "*quid pro quo*". E, de novo, de modo algo profano, "Que os senhores não façam perguntas", dizia a seus assistentes, "pelo bem de vossas consciências". Não havia o entendimento de que os corpos seriam providenciados graças ao crime de assassinato. Se essa ideia tivesse sido mencionada a ele em palavras, ele teria se ressaltado de horror; mas a leviandade de seu discurso sobre um assunto tão severo era, por si só, uma ofensa às boas maneiras e uma tentação para os homens com quem ele lidava. Fettes, por exemplo, já notara pessoalmente o frescor singular dos corpos. De novo e de novo, ele fora atingido pelos olhares abomináveis e espurcos dos rufiões que vinham até ele antes do amanhecer; e, ligando uma coisa à outra com clareza em seus pensamentos particulares, ele talvez tenha atribuído um sentido demasiado imoral e categórico aos conselhos desguardados de seu mestre. Compreendia seu dever, para ser breve, como tendo três partes: pegar o que lhe era trazido, pagar o valor, e fazer vista grossa a qualquer prova de crime.

Numa noite de novembro, essa política de silêncio foi bruscamente posta à prova. Ele ficara acordado a noite toda por conta de uma torturante dor de dente — rodeando em seu quarto como uma besta enjaulada ou se arremessando furioso contra a cama — e enfim caíra num sono profundo e perturbado que com tanta frequência sucede uma noite de dor, quando foi despertado pela terceira ou quarta repetição furiosa do sinal previamente combinado. Havia um luar claro e fino; o clima estava amargo de tanto vento, frio e geada; a cidade ainda não despertara, mas um movimento indefinível já agia como prelúdio aos barulhos e negócios do dia. Os carniceiros haviam vindo mais tarde do que de costume e pareciam também mais ansiosos em partir do que de costume. Fettes, caindo de sono, acendeu as luzes de cima. Ouviu suas vozes irlandesas resmungarem através do sonho; e, conforme despiam o saco de sua triste mercadoria, ele se encostou quase cochilando, com seu ombro apoiado contra a parede; teve de se sacudir para encontrar o dinheiro dos homens. Enquanto o fazia, seus olhos focavam o rosto do morto. Ele teve um sobressalto; e se aproximou com dois passos, com a vela erguida.

"Santo Deus!" clamou. "Esta é Jane Galbrait!" Os homens não responderam, mas deram as costas e foram para mais perto da porta. "Estou falando, eu a conheço", continuou. "Ela estava viva e bem ontem. É impossível que tenha morrido; é impossível que este corpo tenha sido obtido de maneira lícita".

"Com certeza, o senhor está inteiramente equivocado", disse um dos homens.

Mas o outro lançou um olhar sombrio aos olhos de Fettes e exigiu o dinheiro na hora.

Era impossível que essa ameaça fosse mal entendida ou que se exagerasse o perigo. O coração do rapaz lhe falhou. Ele tartamudeou algumas desculpas, contou a soma e viu seus visitantes odiosos partirem. Mal eles haviam saído ele correu para confirmar suas dúvidas. Graças a uma dúzia de marcas inquestionáveis, ele identificou a moça com quem havia gracejado no dia anterior. Notou, horrorizado, marcas sobre seu corpo que poderiam muito bem denotar violência. Um pânico o tomou de assalto, e ele se refugiou em seu quarto. Lá, refletiu sobre a descoberta que fizera, considerou sobriamente o peso das instruções do Sr. K---- e o perigo a si mesmo de interferir com um negócio tão sério e, por fim, em dolorosa perplexidade, determinou que esperaria pelo conselho de seu superior imediato, o assistente de classe.

Era um jovem médico, Wolfe Macfarlane, favoritíssimo entre todos os alunos imprudentes, ardilosos, dissimulados e inescrupulosos do mais alto grau. Viajara e estudara fora. Tinha modos agradáveis, um pouco diretos. Era uma autoridade no palco, habilidoso no gelo ou nos campos de golfe com tacos ou patins; vestia-se com uma bela audácia e, como toque final para sua glória, mantinha um cabriolé e um forte cavalo trotador. Estava em termos de intimidade com Fettes; de fato, suas posições relativas exigiam algum grau de vida em comunidade; e, quando os corpos eram escassos, a dupla se dirigia para o interior, para o cabriolé de Macfarlane, e profanava algum cemitério solitário, retornando antes do amanhecer e trazendo seu espólio às portas da sala de dissecação.

Naquela manhã em particular, Macfarlane chegou um pouco mais cedo do que era seu costume. Fettes o ouviu e o encontrou nas escadas, contou-lhe sua história e mostrou-lhe a causa de seu alarme. Macfarlane examinou as marcas no corpo.

"Sim", ele disse com um aceno de cabeça, "parece suspeito".

"Bem, o que eu devo fazer?" perguntou Fettes.

"Fazer?" repetiu o outro. "Tu queres fazer algo? O que os olhos não veem o coração não sente, eu diria".

"Alguém mais poderia reconhecê-la", foi a objeção que fez Fettes. "Ela era tão bem conhecida quanto o Castelo de Edimburgo".

"Esperemos que não", disse Macfarlane, "e se alguém reconhecê-la—bem, o que importa é que tu não a reconheceste, entendeu, e acabou aí. O fato é que isso tem acontecido há muito tempo. Se tu mexeres na lama, meterás K———— na mais profana das encrencas; e tu pessoalmente estarás na ordem do dia também. E eu igualmente, se isso acontecer. Eu gostaria de saber como nós deveríamos nos portar, ou o que diabos deveríamos dizer em nossa defesa em qualquer corte cristã. Por mim, tu sabes que uma coisa é certa — que praticamente todos os nossos corpos foram assassinados".

"Macfarlane!" esbravejou Fettes.

"Por favor!" escarneceu o outro. "Como se tu já não o tivesses suspeitado!"

"Suspeitar é uma coisa —"

"E provar é outra. Sim, eu sei; e eu me arrependo tanto quanto tu que isso tenha chegado a este ponto", encostando no corpo com a bengala.

"A melhor coisa para mim é não reconhecê-la, e", ele acrescentou com frieza, "eu não a reconheço. Tu podes, se quiser. Eu não proíbo, mas acho que um homem do mundo deveria fazer como eu; e posso acrescentar, imagino que é isso que K—— gostaria que fizéssemos. A pergunta é, por que ele escolheu a nós dois como seus assistentes? E eu respondo, era porque ele não queria comadres".

Esse foi o tom, entre todos os outros, que afetou a mente de um rapaz como Fettes. Ele concordou em imitar Macfarlane. O corpo da garota infeliz foi devidamente dissecado, e ninguém notou, nem pareceu reconhecê-la.

Certa tarde, quando o trabalho do dia havia terminado, Fettes passou na taverna popular e encontrou Macfarlane sentado com um estranho. Era um homem pequeno, muito pálido e sombrio, com olhos escuros como carvão. O talhe de suas feições prometia um intelecto e refinamento que se realizavam debilmente em seus modos, pois ele se revelava, após maior proximidade, ser rude, vulgar e estúpido. Exercitava, no entanto, um controle notável sobre Macfarlane; dava ordens como um Grande Paxá; se inflamava com a menor discussão ou demora e comentava com grosseria a servilidade daquele que lhe obedecia. Essa pessoa extremamente ofensiva gostou de Fettes na hora, cobriu-lhe de bebidas e o honrou com as confidências incomuns de sua carreira passada. Se uma décima parte do que ele confessou fosse verdade, ele era um velhaco muito desprezível; e a vaidade do rapaz foi aguçada pela atenção de um homem com tantas experiências.

"Eu pessoalmente sou um homem bem ruim também", comentou o estranho, "mas Macfarlane é o garoto — Toddy Macfarlane, eu o chamo. Toddy, peça outro copo para o seu amigo". Ou podia ser, "Toddy, tu pulas lá e fecha a porta". "Toddy me odeia", ele disse de novo. "Ah, sim, Toddy, odeia sim!"

"Não me chames desse nome embaraçoso", grunhiu Macfarlane.

"Dá-lhe ouvidos! Tu já viste os rapazes brincarem de briga de faca? Ele gostaria de fazer isso pelo meu corpo inteiro", comentou o estranho.

"Nós médicos fazemos melhor que isso", disse Fettes. "Quando não gostamos de um amigo nosso que morreu, nós o dissecamos".

Macfarlane lançou um olhar agudo, como se a piada mal tivesse cruzado sua mente. A tarde passou. Gray, pois esse era o nome do estranho, convidou Fettes para se juntar a eles no jantar, comandou um festim tão suntuoso que comoveu toda a taverna e, quando tudo foi pedido, Macfarlane teve de pagar a conta. Já era tarde antes de eles se separarem; o tal do Gray estava incapacitado de tão bêbado. Macfarlane, já sóbrio pela fúria, ruminou o dinheiro que foi forçado a desperdiçar e as desfeitas que foi obrigado a engolir. Fettes, com várias bebidas cantando dentro de sua cabeça, voltou para casa com passos desviados e a mente inteiramente em suspensão. No dia seguinte, Macfarlane estava ausente na aula, e Fettes sorriu para si mesmo enquanto o imaginava ainda escoltando o intolerável Gray de taverna em taverna. Assim que bateu a hora da liberdade, ele correu de lugar em lugar em busca de seus companheiros da noite anterior. Não conseguiu, porém, encontrá-los em lugar nenhum; logo, voltou cedo para os seus aposentos, foi cedo para a cama e dormiu o sono dos justos.

Às quatro da manhã, foi despertado pelo sinal bem conhecido. Descendo até a porta, ele ficou estarrecido por completo ao encontrar Macfarlane com seu cabriolé e, no cabriolé, um dos pacotes longos e sombrios com os quais estava tão bem acostumado.

"O quê?" indagou. "Tu saíste sozinho? Como conseguiste?"

Mas Macfarlane o silenciou com aspereza, dizendo-lhe que voltasse ao serviço. Quando levaram o corpo escada acima e o deitaram sobre a mesa, Macfarlane fez como se estivesse indo embora. Então, fez uma pausa e pareceu hesitar; e depois, "É melhor veres o rosto", disse ele, em tons de alguma restrição. "É melhor", repetiu, enquanto Fettes o encarava maravilhado.

"Mas onde, como, quando tu o encontraste?" indagou o outro.

"Olha o rosto", foi a única resposta.

Fettes ficou atordoado; estranhas dúvidas o tomaram de assalto. Ele voltou o olhar do jovem médico para o corpo, retornando a ele depois. Por fim, com um sobressalto, fez como lhe foi pedido. Ele quase esperava já a visão que veio de encontro a seus olhos e, no entanto, o choque ainda assim foi cruel. Ver, fixo, na rigidez da morte, e nu naquela camada grosseira do saco de aniagem, o homem que vira bem vestido e satisfeito de comida e pecado no limiar da taverna, despertou, mesmo no leviano Fettes, alguns dos terrores da consciência. Era um *cras tibi* que reecoou em sua alma, que duas pessoas que conhecera tivessem ido parar nessas mesas gélidas. Esses, no entanto, eram apenas pensamentos secundários. Sua primeira preocupação era com Wolfe. Despreparado para um desafio tão grave, ele sabia que não devia olhar no rosto de seu camarada. Não ousou encará-lo e não tinha nem palavras, nem voz a seu comando. Apenas o próprio Macfarlane fez o primeiro avanço. Veio quieto por trás e deitou sua mão de modo gentil, porém firme, sobre o ombro do outro.

"Richardson", disse ele, "pode ficar com a cabeça".

Richardson era um aluno que há muito ansiava por essa porção do corpo humano para dissecar. Não houve resposta, e o assassino continuou: "Falando em negócios, tu precisas me pagar; as contas, entendes, devem ser acertadas".

Fettes encontrou uma voz, o fantasma de sua própria: "Te pagar!" clamou. "Pagar pelo quê?"

"Oras, sim, claro que deve. De qualquer modo, e em todo caso, tu deves me pagar", retornou o outro. "Não ouso dá-lo de graça, tu não ousas aceitá-lo de graça; isso comprometeria a nós dois. Esse é só mais outro caso, como o de Jane Galbraith. Quanto mais as coisas estiverem erradas, mais devemos agir como se estivesse tudo certo. Onde é que o velho K---- guarda o dinheiro?"

"Ali", respondeu, rouco, Fettes, apontando para o armarinho no canto.

"Dá a chave, pois", disse o outro, calmo, esticando a mão.

Houve um instante de hesitação e o dado foi lançado. Macfarlane não podia suprimir o tique nervoso, a marca infinitesimal de um imenso alívio, enquanto sentia a chave entre os seus dedos. Abriu o armarinho, trouxe a caneta, a tinta e um caderno guardado num compartimento e separou dos fundos da gaveta uma soma digna para a ocasião.

"Agora, olha aqui", ele disse, "eis o pagamento feito — a primeira prova de tua boa fé: o primeiro passo para tua segurança. Deves abraçá-lo por um segundo. Põe o pagamento no caderno, e tu, então, de sua parte, poderás desafiar o diabo".

Os segundos seguintes foram, para Fettes, uma agonia de pensamento; mas, ao pôr seus terrores na balança, foi o mais imediato que triunfou. Qualquer dificuldade futura parecia quase bem-vinda se pudesse evitar uma discussão com Macfarlane no presente. Ele se sentou com uma vela que carregou consigo durante todo esse tempo e, com uma mão firme, inscreveu a data, a natureza e o valor da transação.

"E agora", disse Macfarlane, "é justo que guardes o lucro. Eu já tive a minha cota. A propósito, quando um homem do mundo esbarra num pouco de sorte, tem alguns xelins a mais no bolso — me envergonha dizê-lo, mas há uma regra de conduta para o caso. Nada de exageros, nada de comprar livros caros, nada de quitar velhas dívidas; pede emprestado, não emprestes".

"Macfarlane", começou Fettes, ainda algo rouco, "eu acabei de pôr meu pescoço na forca para te favorecer".

"Favorecer a mim?" indagou Wolfe. "Ah, por favor! O que tu fizeste, até onde eu vejo nesse assunto; foi o que tiveste que fazer, em autodefesa. Vamos supor que eu caía em apuros, onde tu estarias? Esse segundo probleminha flui claramente a partir do primeiro. O Sr. Gray é a continuação da Srta. Galbraith. Tu não podes começar e então parar. Se começares, terás que continuar o que foi começado; eis a verdade. Não há descanso para os ímpios".

Uma horrível sensação de escuridão e a perfídia do destino tomaram de assalto a alma do infeliz aluno.

"Meu Deus!" ele clamou, "O que foi que eu fiz? E quando eu comecei? Ser promovido a assistente de classe — em nome da razão, qual o mal nisso? O serviço exigia a posição; o serviço talvez o tenha conseguido. Será que *ele* estaria onde *eu* estou agora?"

"Meu caro colega", disse Macfarlane, "mas que rapaz és tu! Que mal *acabou* recaindo sobre ti? Que mal *pode* recair sobre ti, se dobrares a língua? Oras, homem, sabes o que é esta vida? Nós nos dividimos em dois grupos — os leões e os cordeiros. Se fores um cordeiro, vais acabar parando aqui nessas mesas como Gray ou Jane Galbraith; se fores um leão, viverás e conduzirás um cavalo como eu, como K----, como todo o mundo que possui alguma inteligência ou coragem. Podes ficar atônito a princípio. Mas veja K----! Meu caro colega, és esperto, tens brio. Eu gosto de ti e K---- gosta de ti. Nasceste para liderar a caçada; e eu te digo, em minha honra e experiência de vida, daqui a três dias rirás desses espantalhos como um colegial ri de uma piadinha".

E, com isso, Macfarlane fez sua saída e partiu pela ruela em seu cabriolé para se pôr sob as cobertas antes do amanhecer. Fettes foi, assim, deixado a sós com seus arrependimentos. Ele viu o perigo miserável em que se encontrava envolvido. Viu, com inexprimível desalento, que não havia limites para sua fraqueza e que, de concessão em concessão, acabara caindo de árbitro do destino de Macfarlane para seu cúmplice, comprado e indefeso. Ele daria um mundo para ter sido mais corajoso na hora, mas não lhe ocorreu sequer que seria possível ter sido mais corajoso. O segredo de Jane Galbraith e a entrada maldita na caderneta calaram sua boca.

As horas passaram; as aulas começaram a chegar; os membros do infeliz do Gray foram entregues a um e a outro, e recebidos sem comentários. Richardson ficou feliz com a cabeça; e, antes de tocada a hora da liberdade, Fettes tremeu de exultação em perceber o quão longe ele já chegara, seguindo rumo à segurança.

Durante dois dias ele continuou a assistir, com alegria crescente, ao processo pavoroso de disfarce.

No terceiro dia, Macfarlane fez sua aparição. Adoecera, dizia; mas compensava pelo tempo perdido com a energia com que orientava os alunos. Para Richardson, em particular, ele dera a mais valiosa assistência e conselhos, e aquele aluno, encorajado pelos elogios do demonstrador, ardia com esperanças ambiciosas e via a medalha já a seu alcance.

Antes da semana terminar, a profecia de Macfarlane já estava cumprida. Fettes sobrevivera aos seus terrores e se esquecera de sua própria vileza. Começava a se emplumar já com a própria coragem e havia de tal modo montado a história em sua mente, que podia olhar para esses eventos, em retrospecto, com um orgulho doentio. De seu cúmplice ele via muito pouco. Eles se encontravam, claro, durante as aulas; recebiam suas ordens juntos do Sr. K----. Às vezes, trocavam uma palavra ou duas em particular, e Macfarlane estava, do começo ao fim, com um ânimo particularmente gentil e jovial. Mas era óbvio que evitava qualquer referência a seu segredo em comum; e, mesmo quando Fettes lhe sussurrava que ele havia se unido aos leões e renegado os cordeiros, ele apenas lhe assinalava com um sorriso e mantinha a paz.

Uma ocasião, por fim, surgiu que outra vez lançou a dupla para uma união mais próxima. O Sr. K---- estava, outra vez, com uma falta de corpos; os pupilos estavam ansiosos, e era parte das pretensões do professor ter sempre um bom estoque. Ao mesmo tempo, surgiu a notícia de um enterro num cemitério rústico em Glencorse. O tempo pouco mudou o lugar em questão. Ele repousava, tanto na época como agora, numa encruzilhada, fora de vista das habitações humanas, e enterrado a muitas braças de profundidade sob a folhagem de seis cedros. Os balidos das ovelhas das colinas vizinhas, os riachos de ambos os lados, um cantando alto entre os cascalhos, o outro pingando furtivamente de lagoa em lagoa, o movimento do vento nas antigas castanheiras em flor das montanhas e a voz do sino e das antigas canções do precentor, uma vez a cada sete dias, eram os únicos sons que perturbavam o silêncio em torno da igreja rural. O Homem da Ressurreição — para usar um apelido do período — não poderia ser detido por quaisquer das santidades da piedade costumeira. Era parte de seu ofício desprezar e profanar os pergaminhos e trombetas de tumbas ancestrais, os caminhos gastos pelos pés dos fiéis e pranteadores e as oferendas e inscrições do afeto lutuoso. Para as vizinhanças rústicas, onde é mais que comum a tenacidade do amor e onde alguns elos de sangue ou amizade unem a sociedade inteira de uma paróquia, o ladrão de corpos, longe de se sentir repelido pelo respeito natural, se sentia atraído pela facilidade e segurança da tarefa. Para os corpos deitados sob a terra, na alegre expectativa de um despertar muito diferente, vinha a ressurreição apressada, iluminada por lampiões e assombrada pelo terror da pá e picareta. O caixão é arrombado, os sudários são rasgados, e as relíquias melancólicas, cobertas de aniagem, após sacolejarem por horas em atalhos sem luar, são, por fim, expostas às piores indignidades diante de uma classe de rapazes boquiabertos.

De algum modo semelhantes a dois urubus que mergulham sobre um cordeiro moribundo, Fettes e Macfarlane foram soltos sobre uma das covas daquele lugar de descanso quieto e verdejante. A esposa do fazendeiro, uma mulher que vivera sessenta anos e era conhecida somente por sua boa manteiga e conversa devota, seria exumada de sua cova à meia noite e carregada, morta e nua, para aquela cidade distante à qual sempre honrara da melhor maneira todo domingo; seu lugar ao lado da família ficaria vazio até o raiar do juízo final; seus membros inocentes e quase veneráveis seriam expostos à curiosidade final do anatomista.

Certo fim de tarde, a dupla partiu, bem embrulhada em capas e guarnecida com uma formidável garrafa. Chovia sem alívio — uma chuva fria, densa, castigante. De vez em quando, soprava uma ou outra rajada, mas essas camadas de água caindo mantinham o vento baixo. Com garrafa e tudo, foi uma viagem triste e silenciosa até Penicuik, onde passaram a noite. Pararam uma vez, para esconder seus utensílios num arbusto espesso não distante do pátio da igreja, e, depois, novamente, no Fisher's Tryst, para fazer um brinde antes, frente ao fogo na cozinha, e diversificar seus goles de uísque com um copo de cerveja. Quando chegaram ao fim de sua jornada, abrigaram o cabriolé, alimentaram e reconfortaram o cavalo, e os dois jovens médicos se sentaram num quarto particular para se servirem do melhor jantar e do melhor vinho que a casa permitia. As luzes, o fogo, as pancadas da chuva na janela, o trabalho frio e incongruente que os esperava conferiam mais gosto ao aproveitamento da refeição. A cada taça, aumentava sua cordialidade. Logo Macfarlane entregou uma pequena pilha de ouro ao seu companheiro.

"Uma reverência", ele disse. "Entre amigos, essas pequenas acomodações m——as deveriam sair voando como fogo de cachimbo".

Fettes embolsou o dinheiro e aplaudiu, ecoando o sentimento. "És um filósofo", anunciou. "Eu era um asno até te conhecer. Tu e K---- contigo, pelo Lorde Harry! Os senhores farão de mim um homem".

"É claro que faremos", aplaudiu Macfarlane. "Um homem? Eu te digo, eu preciso de um homem para me dar apoio na manhã por vir. Há alguns covardes grandes, fortões, de uns quarenta anos que enjoariam ao ver a coisa m——a; mas tu não—tu mantiveste a compostura. Eu te vigiei".

"Bem, e por que não?" gabou-se Fettes.

"Não era problema meu. Não há nada a ser ganho por esse lado senão perturbações, e, por outro, eu poderia contar com tua gratidão, não vês?" E ele bateu no bolso até as peças de ouro tilintarem.

Macfarlane de algum modo sentiu um toque de alarme nessas palavras desagradáveis. Poderia ter se arrependido de ter tido tanto sucesso em ensinar esse jovem companheiro, mas não havia tempo para interferir, pois o outro continuava, ruidosamente, sua verve fanfarrona:

"A melhor coisa é não ter medo. Agora, cá entre nós, eu não quero ser enforcado—isso é prático; mas, apesar de toda a pregação, Macfarlane, eu nasci com um desprezo. Inferno, Deus, Diabo, certo, errado, pecado, crime e toda essa velha galeria de curiosidades—elas podem assustar os moleques, mas os homens do mundo, como tu e eu, as desprezam. Um brinde à memória de Gray!"

A essa altura, estava ficando tarde. O cabriolé, conforme ordenado, foi trazido à porta com ambas as lanternas bem acesas, e os jovens pagaram a conta e tomaram a estrada. Anunciaram que estavam partindo rumo a Peebles, e seguiram nessa direção até não verem mais as últimas casas da cidade; depois, apagando as lanternas, retornaram ao seu rumo e seguiram por um atalho até Glencorse. Não havia ruído algum, senão o de sua própria passagem, e a queda estridente e incessante da chuva. Estava tudo escuro como breu; aqui e ali um portão branco de pedra branca na parede os guiava através de um curto espaço na noite; mas, na maior parte, foi a passo de caminhada e quase tateando que eles seguiram até as trevas ressonantes de seu destino solene e isolado. Nas florestas imersas que atravessavam a vizinhança daquele cemitério, o último brilho lhes falhou e foi necessário acender um fósforo e reiluminar uma das lanternas do cabriolé. Assim, debaixo das árvores gotejantes, e rodeados por sombras imensas que se moviam, eles chegaram à cena de seus ímpios labores.

Eram ambos experientes nesses assuntos e poderosos com a pá; vinte minutos de trabalho mal haviam passado quando foram recompensados pelo estalo surdo da tampa do caixão. Nesse mesmo momento, Macfarlane, tendo machucado a mão com uma pedra, a arremessou sem nenhum cuidado por sobre sua cabeça. A cova, na qual agora estavam mergulhados até quase os ombros, ficava à beira do planalto do cemitério; e a lanterna do cabriolé havia sido colocada, para melhor iluminar seus labores, contra uma árvore, na beirada imediata da margem íngreme que descia ao riacho. O acaso teve uma pontaria certeira com a pedra. Então veio um tinido de vidro quebrado; a noite caiu sobre eles; sons alternativamente surdos e tilintantes anunciaram a queda da lanterna margem abaixo, e a ocasional colisão contra as árvores. Uma pedra ou duas, deslocadas em sua queda, chocalharam atrás dela para as profundezas do vale estreito; e, então, o silêncio, como a noite, continuou seu domínio; e eles poderiam ter tentado auscultar com o máximo de atenção, mas nada havia para ser ouvido exceto a chuva, ora marchando ao vento, ora caindo firme sobre milhas de terreno aberto.

Já estavam tão próximos do fim de sua tarefa abominável que julgaram ser mais sábio completá-la no escuro. O caixão foi exumado e arrombado; o corpo inserido no saco gotejante e carregado entre eles até o cabriolé; um montado para mantê-lo no lugar, o outro tomando o cavalo pela boca, tateando ao longo da parede e arbustos até que encontrassem uma estrada mais larga próxima a Fisher's Tryst. Aqui havia um brilho fraco e difuso, que eles receberam como o raiar do dia; e fizeram o cavalo andar em bom passo, que foi sacolejando alegremente em direção à cidade.

Ambos acabaram se encharcando durante suas operações, e, agora, enquanto o cabriolé pulava pelos sulcos profundos, a coisa que estava acomodada entre eles caía ora sobre um, ora sobre o outro. A cada repetição do contato horrendo, cada um instintivamente a repelia com mais pressa; e o processo, por mais natural que fosse, começava a dar nos nervos dos dois companheiros. Macfarlane fez uma piada de péssimo gosto sobre a esposa do fazendeiro, mas saiu oca de seus lábios e foi permitida a cair no silêncio. Ainda assim, seu fardo antinatural saltava de um lado para o outro; e, ora a cabeça deitava, como se por coincidência, sobre os seus ombros, ora o saco de aniagem caía gelado sobre seus rostos. Um calafrio tenebroso começou a possuir a alma de Fettes. Ele se concentrou no embrulho, que parecia, de algum modo, maior do que era. Durante todo o campo e a cada ângulo do caminho, os cães das fazendas acompanharam sua passagem com ululações trágicas; e cada vez mais crescia em sua mente a ideia de que algum milagre antinatural fora realizado, que alguma mudança inominável recaíra sobre o cadáver e que era por pavor desse fardo profano que os cães uivavam.

"Pelo amor de Deus", disse ele, se esforçando muito para conseguir falar, "pelo amor de Deus, vamos acender uma luz!"

Parecia que Macfarlane estava igualmente afetado; pois, embora não respondesse, ele parou o cavalo, passou as rédeas para o seu companheiro, se abaixou e procedeu a acender a lanterna de reserva. A essa altura, eles mal haviam ainda passado a encruzilhada que levava a Auchenclinny. A chuva ainda caía como se o dilúvio estivesse voltando e não era fácil acender uma chama em tal mundo de trevas e umidade. Quando, por fim, a trêmula chama azul fora transferida ao pavio e começava a se expandir e clarear, lançando um círculo largo de claridade brumosa em torno do cabriolé, que se tornou possível para os dois jovens conseguir enxergar um ao outro e a coisa que tinham consigo. A chuva havia moldado o saco grosseiro com os contornos do corpo por baixo; a cabeça era distinta do tronco, os ombros estavam claramente modelados; alguma coisa ao mesmo tempo espectral e humana cravava seus olhos sobre o camarada sinistro de sua condução.

Durante algum tempo, Macfarlane permaneceu imóvel, segurando a lanterna. Um pavor inominável se embrulhava como um lençol molhado em torno do corpo, e apertava a pele branca no rosto de Fettes; um medo sem sentido, um horror do que não podia ser, continuava subindo a sua cabeça. Mais uma batida do relógio e ele diria algo. Mas seu colega o antecipou.

"Isso não é uma mulher", disse Macfarlane numa voz calada.

"Era uma mulher quando a pusemos dentro", sussurrou Fettes.

"Segura essa lanterna", disse o outro. "Eu preciso ver o rosto".

E, conforme Fettes tomava a lanterna, seu companheiro foi desfazendo as amarras do saco e retirando a cobertura da cabeça. A luz caiu com clareza sobre as feições obscuras e bem moldadas e faces barbeadas de um semblante demasiadamente familiar, tantas vezes visto nos sonhos de ambos esses jovens. Um grito selvagem ressoou na noite; cada qual saltou de seu próprio lado para a estrada; a lanterna caiu, quebrou e se extinguiu; e o cavalo, aterrorizado por essa comoção incomum, disparou e partiu rumo a Edimburgo a galope, carregando consigo aquela coisa, o único ocupante do cabriolé, o corpo morto e há muito dissecado de Gray.

O diabrete da garrafa

Havia um homem da ilha do Havaí, a quem chamaremos pelo nome Keawe; pois a verdade é que ele está vivo ainda e seu nome deve ser mantido em segredo; mas seu local de nascença não ficava muito longe de Honaunau, onde os ossos de Keawe, o Grande, jazem ocultos numa caverna. O homem era pobre, corajoso e ativo; sabia ler e escrever como um mestre-escola; foi um marinheiro de primeira categoria, navegando por um tempo nos navios a vapor da ilha e pilotando um barquinho na costa de Hamakua. Por fim, veio à mente de Keawe a ideia de sair para ver o vasto mundo e as cidades do estrangeiro, e ele partiu num navio com destino a San Francisco.

Eis uma bela cidade, com um belo porto e incontáveis pessoas com dinheiro; e há uma colina, em particular, coberta de palácios. Nesta colina, Keawe caminhava certo dia, com o bolso cheio de dinheiro, vendo com prazer os casarões dos dois lados. "Que belas casas, essas!" pensava, "E como devem ser felizes as pessoas que moram nelas, despreocupadas com o amanhã!" Esse pensamento estava em sua mente quando se deparou com uma casa que era menor que as outras, mas tinha todo um acabamento e era embelezada como se fosse de brinquedo; a escadaria externa brilhava como prata, e as fronteiras do jardim eram floridas como diademas, e as janelas brilhavam como diamantes; e Keawe parou e ficou maravilhado com a excelência de tudo aquilo que vira. Ao parar deste modo, ele se deu conta de que um homem o observava por uma janela tão cristalina que Keawe podia enxergá-lo como quem enxerga um peixe nas águas sobre um recife. Era um ancião, calvo e com uma barba negra; e seu rosto pesava de tristeza, e ele mesmo suspirava com amargura. E a verdade disso é que, no que Keawe olhara para o homem, e o homem olhara para Keawe, ambos invejaram um ao outro.

De repente, o homem sorriu e mexeu a cabeça, num gesto como a convidar Keawe para que entrasse, e o encontrou na porta da casa.

"Esta é uma bela casa, a que eu tenho", disse o homem, suspirando com amargura. "O senhor não gostaria de vir conhecer os aposentos?"

Assim ele guiou Keawe em sua visita à casa toda, do porão ao telhado, e nada havia lá que não fosse perfeito, e Keawe ficou estarrecido.

"Realmente", disse Keawe, "é uma linda casa; se eu morasse numa casa dessas, eu passaria o dia rindo à toa. Por que, então, o senhor suspira tanto?"

"Não há motivo", disse o homem, "para que o senhor não possa ter uma casa que não seja em tudo semelhante a esta, se não mais bela, se o senhor assim desejar. Suponho que tenhas dinheiro?"

"Eu tenho cinquenta dólares", disse Keawe; "mas uma casa dessas há de custar mais do que cinquenta dólares".

O homem fez algumas computações. "Sinto muito que o senhor não tenha mais do que isso", ele disse, "pois poderá ser um problema para ti no futuro; mas ela pode ser tua por cinquenta dólares".

"A casa?" perguntou Keawe.

"Não, não a casa", o homem respondeu, "mas a garrafa. Pois, devo te dizer, por mais que eu te pareça rico e afortunado, toda minha fortuna e esta casa mesmo e seu jardim, tudo isto saiu de uma garrafa não maior que um caneco. É esta aqui".

E ele abriu um cofre e tirou uma garrafa redonda com um gargalo comprido, cujo vidro era de um branco leitoso, de irisado fugaz em sua textura. Dentro, algo se movia obscuramente, como uma sombra e uma labareda.

"Esta é a garrafa", disse o homem; e, quando Keawe se riu, "Não crês em mim?", ele acrescentou. "Então experimenta tu mesmo. Vê se consegues quebrá-la".

Então, Keawe pegou a garrafa e golpeou-a contra o chão até se cansar; mas ela saltava no chão como uma bola de criança, sem qualquer avaria.

"Que coisa estranha", disse Keawe. "Pelo toque dela, bem como pela aparência, a garrafa devia ser de vidro".

"É de vidro mesmo", respondeu o homem, com um suspiro ainda mais pesado do que antes; "mas o seu vidro foi temperado nas chamas do inferno. Um diabrete vive nela, e é dele a sombra que vemos se mover por dentro; pelo menos é o que eu imagino. Se qualquer homem comprar esta garrafa, terá o diabrete a seu comando; tudo que ele desejar—amor, fama, dinheiro, casas como esta casa, sim, ou mesmo uma cidade como esta cidade— tudo pertencerá a ele, bastando dizer uma palavra. Napoleão teve esta garrafa, e com ela chegou a ser o rei do mundo; mas por fim ele a vendeu e acabou caindo. O Capitão Cook teve esta garrafa e com ela encontrou seu caminho até inúmeras ilhas; mas ele também a vendeu e foi morto no Havaí. Pois, uma vez vendida, vão-se os poderes e a proteção; e, a não ser que o homem se contente com o que tem, algo mau recairá sobre ele".

"E, no entanto, tu desejas vendê-la também?" Keawe disse.

"Tenho tudo que desejo, e estou ficando velho", respondeu o homem. "Tem uma coisa que o diabrete é incapaz de fazer—ele não tem o poder de prolongar a vida; e não seria justo esconder de ti, pois há uma inconveniência sobre a garrafa; se um homem morrer antes de vendê-la, ele há de queimar no inferno para sempre".

"Certo que esta é uma inconveniência e tanto, sem erro", reclamou Keawe. "Eu não mexo numa coisa dessas. Posso me virar sem casa, graças a Deus; mas se tem uma coisa de que eu não preciso nem um tico é acabar danado".

"Meu querido, tu não deves fugir das coisas", replicou o homem. "Basta-te usar o poder do diabrete em moderação e então vendê-lo para outra pessoa, como estou fazendo contigo, e chegar ao fim da tua vida com conforto".

"Bem, eu observo duas coisas", disse Keawe. "O tempo todo tu não paras de suspirar como uma donzela apaixonada, esta é uma; e a outra é que estás vendendo muito barato esta garrafa".

"Eu já te disse o porquê de eu suspirar", disse o homem. "É porque temo que minha saúde esteja se acabando; e, como te disse, para qualquer um é uma pena morrer e ir para o diabo. Quanto ao porquê de eu vendê-la tão barato, devo explicar que há uma peculiaridade quanto à garrafa. Há muito tempo, quando o diabo a trouxe à terra pela primeira vez, ela era extremamente cara, e foi vendida primeiro de tudo a Presto João por muitos milhões de dólares; mas ela não pode ser vendida de forma alguma se não for com prejuízo. Se tu a venderes pelo mesmo valor pelo qual pagou, ela volta como se fosse um pombo treinado. Sucedeu-se, pois, que o preço vêm caindo ao longo dos séculos, e agora a garrafa está notavelmente barata. Eu mesmo a comprei de um de meus vizinhos na colina, e o preço que paguei foi de apenas noventa dólares. Eu posso vendê-la até por oitenta e nove dólares e noventa e nove, mas nem um centavo a mais, senão ela volta para mim. Agora, acerca disso há dois incômodos. O primeiro é que, quando se oferece uma garrafa tão singular por oitenta e poucos dólares, as pessoas acham que estás de brincadeira. E o segundo—ah, quanto a isso não tem pressa—eu não preciso entrar nesses detalhes. Só te lembres que deves vender por dinheiro em moeda".

"Como posso saber se isso é tudo verdade?" perguntou Keawe.

"Podes em parte já testá-lo agora", respondeu o homem. "Basta dar-me os teus cinquenta dólares, apanhar a garrafa e então desejar ter os cinquenta dólares de volta em teu bolso. Se isso não acontecer, eu juro pela minha honra que anularei a barganha e devolverei teu dinheiro".

"Não estás a me enganar?" disse Keawe.

O homem afirmou seu compromisso, com um grande juramento.

"Bem, isto eu arriscarei", disse Keawe, "pois mal não pode fazer". E ele pagou o dinheiro ao homem, e o homem entregou-lhe a garrafa.

"Diabrete da garrafa", disse Keawe, "eu quero os meus cinquenta dólares de volta". E foi tiro e queda; mal terminou de dizer as palavras, e seu bolso já estava tão pesado quanto antes.

"Certo que esta é uma garrafa maravilhosa", disse Keawe.

"E agora, um bom dia ao senhor, meu caro companheiro, e que o diabo vá contigo por mim!" disse o homem.

"Espera", disse Keawe. "Eu não quero mais brincar. Aqui, pega a tua garrafa de volta".

"Tu a compraste por menos do que eu paguei por ela", respondeu o homem, esfregando as mãos. "É tua agora; e, de minha parte, minha única preocupação agora é te ver por trás". E, nisso, ele tocou o sino, chamando seu criado chinês, e o fez que mostrasse a Keawe o caminho para fora.

Agora que Keawe estava na rua, com a garrafa debaixo do braço, ele começou a pensar: "Se tudo isso em torno desta garrafa é verdade, é possível que eu tenha saído no prejuízo nessa barganha", pensou ele. "Mas talvez o homem só estivesse me enganando". A primeira coisa que fez foi contar o dinheiro; a soma era exata—quarenta e nove dólares em dinheiro americano e uma moeda chilena. "Parece real", disse Keawe. "Agora vou tentar outra parte".

As ruas naquela parte da cidade estavam tão limpas quanto o convés de um navio, e, apesar de ser meio dia, não havia passageiros. Keawe colocou a garrafa na sarjeta e começou a se afastar. Duas vezes olhou para trás, e lá estava a garrafa leitosa e de fundo redondo onde ele a deixou. Uma terceira vez ele olhou e dobrou a esquina; mas, mal tinha acabado de fazer isso, quando algo bateu no seu cotovelo, e lá estava! Era o gargalo da garrafa saindo para fora; quanto ao fundo redondo, ele estava enfiado no bolso do seu paletó.

"Parece real", disse Keawe.

A próxima coisa que fez foi comprar um saca-rolhas numa loja e se recolher para um recanto escondido nos campos. E lá tentou tirar a rolha, mas não importava quantas vezes enfiasse o saca-rolhas, ele saía igual, com a rolha intacta igual antes.

"É algum tipo novo de rolha", disse Keawe, e logo começou a tremer e a suar, pelo medo da garrafa.

No caminho de volta ao porto, ele viu uma loja onde um homem vendia conchas e bastões das ilhas selvagens, antigos deuses pagãos, moedas antigas, imagens da China e do Japão e todo tipo de coisas que os marinheiros traziam do além-mar em seus baús. E aqui teve uma ideia. Pois ele entrou e ofereceu a garrafa por cem dólares. O homem da loja riu dele a princípio e ofereceu cinco; mas, de fato, era uma garrafa curiosa—um vidro desses jamais fora moldado por qualquer vidraceiro humano, tão bonitas eram as cores que apareciam debaixo do branco leitoso, e tão estranha era a sombra que pairava no meio; por siso, depois de discutirem por um tempo, como era o costume nessas situações, o comerciante deu a Keawe sessenta dólares de prata pela coisa e a colocou na prateleira no meio da sua vitrine.

"Agora", disse Keawe, "eu vendi por sessenta o que comprei por cinquenta—então, para dizer a verdade, é um pouco menos, porque um dos meus dólares era chileno. Agora saberei a verdade em outro momento".

Então, ele voltou à bordo do navio e quando abriu seu baú, lá estava a garrafa, e ela chegara antes dele. Pois bem, Keawe tinha um companheiro à bordo cujo nome era Lopaka.

"O que te aflige?" disse Lopaka, "que tanto olhas no teu baú?"

Estavam os dois no castelo de proa do navio, e Keawe o fez jurar segredo e contou tudo.

"É um caso bem estranho", disse Lopaka; "e temo que te metas em apuros por conta desta garrafa. Mas algo está bem claro—que tens certeza dos problemas e que é melhor que te beneficies com a barganha. Te convence daquilo que queres com isso; dá a ordem e, se ocorrer como desejas, eu mesmo compro a garrafa, porque tenho uma ideia de comprar uma escuna e ir fazer negócios pelas ilhas".

"O que eu quero não é nada disso", disse Keawe; "mas ter uma linda casa e jardim na costa de Kona, onde nasci, com o sol brilhando na minha porta, flores no jardim, vidros nas janelas, quadros nas paredes, e bagatelas e tapetes finos nas mesas, em tudo parecida com a casa em que estive hoje— só que com um andar a mais, com varandas, como o palácio de um rei; e viver lá sem preocupações e comemorando com meus amigos e parentes".

"Bem", disse Lopaka, "vamos levá-la conosco de volta ao Havaí, e se tudo se concretizar, como supões, eu compro a garrafa, como disse, e peço por uma escuna".

Nisso eles concordaram, e não demorou para que o navio retornasse a Honolulu, trazendo Keawe,

Lopaka e a garrafa. Mal haviam desembarcado quando encontraram um amigo na praia, que de imediato veio dar suas condolências a Keawe.

"Desconheço o motivo dessas condolências", disse Keawe.

"Será possível que ainda não tenhas ouvido a notícia", disse o amigo, "que o teu tio—o bom e velho homem—morreu, e o teu primo—o lindo rapaz—se afogou no mar?"

Keawe, cheio de tristeza, começou a chorar e a se lamentar, esquecendo-se da garrafa. Mas Lopaka estava pensando com seus botões e, então, quando o luto de Keawe havia já se abrandado um pouco, "Eu estive pensando", disse Lopaka. "O teu tio não tem terras no Havaí, no distrito de Kau?"

"Não", disse Keawe, "não em Kau; elas ficam lá para as montanhas—um pouco ao sul de Hookena".

"Essas terras não serão tuas agora?" perguntou Lopaka.

"Serão sim", disse Keawe e começou a se lamentar outra vez por seus parentes.

"Não", disse Lopaka, "não te lamentes agora. Tenho um pensamento na cabeça. E se isso foi obra da garrafa? Pois eis um lugar pronto para a sua casa".

"Se assim for", reclamou Keawe, "é um jeito bem perverso de me servir, matando meus parentes.

Mas, pode ser, de fato; pois foi logo numa dessas estâncias que avistei a casa no olho da minha mente".

"A casa, porém, ainda não foi construída", disse Lopaka.

"Não, nem deverá ser!" disse Keawe, "Pois, apesar de o meu tio ter um pouco de café e kava e bananas, isso tudo não deverá bastar para muito mais do que ter uma vida confortável; e o resto do terreno é lava escura".

"Vamos até um advogado", disse Lopaka; "ainda tenho essa ideia na cabeça".

Então, quando foram até o escritório do advogado, parecia que o tio de Keawe ficara monstruosamente rico nos últimos dias, e havia uma reserva de dinheiro.

"E aqui está o dinheiro da casa!" exclamou Lopaka.

"Se pensas numa casa nova", disse o advogado, "aqui tem o cartão de um novo arquiteto, de quem ouvi falarem ótimas coisas".

"Cada vez melhor!" gritou Lopaka. "Está tudo esclarecido para nós. Vamos continuar seguindo as ordens".

Assim eles foram até o arquiteto e ele tinha as plantas das casas na sua mesa.

"Queres algo meio fora do comum", disse o arquiteto. "Que tal?" e entregou o desenho para Keawe.

Agora, quando Keawe deitou os olhos na planta, ele deu um berro, pois era a imagem que idealizara, desenhada com exatidão.

"Eu aprovo esta casa", pensou. "Apesar de não gostar tanto do modo como ela veio até mim, eu a aprovo agora e posso muito bem aceitar o que é bom junto com o que é mau".

Então ele contou ao arquiteto tudo que desejava e como iria mobiliar a casa e sobre as pinturas na parede e os badulaques nas mesas; e perguntou ao homem diretamente quanto cobraria pela coisa toda.

O arquiteto fez várias perguntas, pegou sua caneta e fez umas computações; e, quando terminou, disse aquela mesma soma que Keawe havia herdado.

Lopaka e Keawe se entreolharam e fizeram um aceno de cabeça.

"Está bem claro", pensou Keawe, "que esta casa será minha, querendo ou não. É coisa do diabo e temo que nada de bom virá disso; e de uma coisa tenho certeza, chega de desejos enquanto eu tiver esta garrafa. Mas com a casa eu me basto e posso muito bem aceitar o que é bom junto com o que é mau".

Então eles fizeram o acordo com o arquiteto e assinaram o contrato; e Keawe e Lopaka embarcaram outra vez e navegaram até a Austrália; pois concluíram entre si que não deveriam interferir em nada, mas deixar que o arquiteto e o diabrete na garrafa construíssem e adornassem a casa a seu bel prazer.

A viagem foi uma boa viagem, só que o tempo todo Keawe se flagrava prendendo a respiração, pois havia jurado que não faria mais qualquer desejo, nem aceitaria mais favores do diabo. Chegava a hora em que precisariam voltar. O arquiteto avisou que a casa estava pronta, e Keawe e Lopaka pegaram uma passagem no *Hall* e desceram até Kona para ir dar uma olhada na casa e ver se tudo fora seguido à risca, segundo a ideia na mente de Keawe.

Pois bem, a casa ficava na montanha, visível aos navios. Acima, corria a floresta até as nuvens carregadas de chuva; abaixo, a lava escura caía pelos penhascos, onde jaziam enterrados os reis de outrora. Um jardim floria em torno da casa, em todos os tons de flores; e havia um pomar de mamões de um lado e um pomar de fruta-pão do outro, e bem na frente, na direção do mar, um mastro de navio fora erguido, ostentando uma bandeira. Quanto à casa, ela tinha três andares, com grandes aposentos e varandas largas em cada um. As janelas eram de vidro, tão excelente era sua feitura que tinham a transparência da água e o brilho do dia. Toda sorte de mobília adornava os aposentos. Havia pinturas nas paredes em molduras douradas: imagens de navios, homens lutando, as mulheres mais belas e lugares singulares; em nenhum lugar do mundo havia pinturas de cores tão vibrantes quanto aquelas que Keawe encontrou penduradas nas paredes de sua casa. Quanto aos badulaques, eram extraordinariamente finos; relógios sonantes e caixinhas de música, homenzinhos com cabeças que mexiam, livros cheios de ilustrações, armas caras de todos os cantos do mundo, e os quebra-cabeças mais elegantes para entreter as horas de lazer do homem solitário. E, como ninguém iria querer viver em tais aposentos para neles andar e vê-los apenas e apenas a eles, as varandas foram feitas com tal largura que uma cidade inteira poderia morar nelas feliz; e Keawe não sabia qual preferir, se a varanda de trás, onde podia pegar a brisa terrestre e olhar os pomares e flores, ou a varanda da frente, onde podia sorver o vento marinho e olhar a muralha íngreme da montanha e ver o *Hall* passando uma vez por semana mais ou menos entre Hookena e os morros de Pele ou as escunas dobrando a encosta atrás de lenha e kava e bananas.

Quando haviam dado uma olhada em tudo, Keawe e Lopaka se sentaram na varanda.

"Bem", perguntou Lopaka, "está tudo como projetaste?"

"Dá nem para colocar em palavras", disse Keawe. "Está melhor do que sonhei, e eu estou doente de tão satisfeito".

"Há só uma coisa para considerar", disse Lopaka; "tudo isso pode ser bem natural, e o diabrete na garrafa pode não ter nada a ver com isso. Se eu for comprar a garrafa e não tirar escuna nenhuma do negócio, terei colocado minha mão no fogo por nada. Dei-te a minha palavra, eu sei; mas creio que não irás guardar rancor de mim se eu pedir mais uma prova".

"Jurei que não pediria mais favores", disse Keawe. "Já me afundei o suficiente".

"Não é nenhum favor que tenho em mente", respondeu Lopaka. "Só queria ver o diabrete em pessoa. Não há nada a se ganhar com isso e nada para se ter vergonha; porém, se eu o visse, teria certeza da questão toda. Faz-me este favor então, e me deixa ver o diabrete; depois disso, eis o dinheiro aqui na minha mão, e eu irei comprá-la".

"Há uma coisa apenas de que eu tenho medo", disse Keawe. "O diabrete pode ser muito feio de ver; e, se deitares os olhos sobre ele, temo que perderás muito o desejo de ter a garrafa".

"Sou um homem de palavra", disse Lopaka. "E aqui está o dinheiro entre nós".

"Muito bem", respondeu Keawe. "Eu também tenho curiosidade. Pois venha, vamos dar uma olhada em ti, Sr. Diabrete".

Assim que isso foi dito, o diabrete veio espiar de dentro da garrafa e voltou novamente, ligeiro como um lagarto; e lá estavam Keawe e Lopaka, sentados e transformados em pedra. A noite havia caído antes de qualquer um dos dois ter uma única palavra ou voz para dizê-la; e então Lopaka empurrou o dinheiro e apanhou a garrafa.

"Sou um homem de palavra", disse ele, "e há necessidade de que assim seja, ou eu não tocaria esta garrafa nem mesmo com meu pé. Pois bem, devo pegar a minha escuna e um dólar ou dois para o meu bolso; e então hei de me livrar deste diabo o mais rápido possível. Pois, para te dizer a verdade, a visão dele me deixou derrubado".

"Lopaka", disse Keawe, "não penses menos de mim do que já deves pensar; sei que é noite e as estradas e a passagem pelas tumbas são um lugar maligno a esta hora, mas declaro que, desde que vi aquela carinha, não conseguirei comer ou dormir ou rezar até que ela esteja longe de mim. Te dou uma lanterna e um cesto para colocar a garrafa e qualquer pintura ou coisa fina nesta casa que te agrade — e podes partir já e dormir em Hookena com Nahinu".

"Keawe", disse Lopaka, "muitos homens levariam isso a mal; especialmente já que estou te fazendo um favor tão amistoso desses, mantendo a minha palavra e comprando a garrafa; e, por falar nisso, a noite e o escuro e o caminho entre as tumbas deverá ser dez vezes mais perigoso para um homem com tal pecado em sua consciência e uma tal garrafa debaixo do braço. Mas, da minha parte, eu mesmo estou extremamente aterrorizado e não tenho coragem de te culpar. Aqui vou eu, então; e rezo a Deus para que sejas feliz em tua casa e eu seja afortunado com minha escuna, e que nós dois cheguemos ao céu no final, apesar do diabo e sua garrafa".

Então Lopaka desceu a montanha; e Keawe ficou de pé na varanda da frente, ouvindo o tinido das ferraduras do cavalo e observando o brilho que a lanterna lançava no caminho e entre os penhascos de cavernas onde jaziam os velhos mortos; e o tempo todo ele tremia e apertava as mãos e rezava pelo bem do seu amigo e dava glória a Deus por ele mesmo ter escapado a um tormento desses.

Mas o dia seguinte chegou, muitíssimo radiante, e aquela nova casa era um prazer tão grande de ver que ele se esqueceu dos seus terrores. Um dia seguiu-se ao outro, e Keawe lá morou em perpétua alegria. Ele tinha seu lugarzinho na varanda dos fundos; lá ele comia e vivia e lia as notícias nos jornais de Honolulu; mas, quando qualquer um passasse por lá, eles entravam e olhavam os aposentos e as pinturas. E a fama da casa foi longe; seu nome era Ka-Hale Nui — o Grande Casarão — em todo Kona; às vezes chamada também de o Casarão Iluminado, pois Keawe tinha um criado chinês, que passava o dia polindo e tirando pó; e a vidraria e o ouro, todas as coisas finas e as pinturas brilhavam com o lustro da manhã. Quanto ao próprio Keawe, ele não conseguia andar pelos aposentos sem cantar, seu coração estava imenso; e, quando os navios passavam por ali, no mar, ele hasteava as suas cores no mastro.

Assim o tempo foi passando, até que um dia Keawe foi fazer uma visita em Kailua a alguns de seus amigos. Lá ele comeu bem e foi embora assim que podia, na manhã seguinte, cavalgando com pressa pois estava impaciente em rever seu lindo casarão; e, além do quê, a noite que estava por vir era a noite em que os mortos dos velhos dias rondavam a periferia de Kona; e já tendo lidado com o diabo, tanto mais lhe doía se encontrar com os mortos. Um pouco depois de Honaunau, bem à frente, ele se deparou com uma mulher se banhando à beira-mar; e parecia ser uma moça muito bem crescida, mas ele não pensou nada disso. Viu sua chemise branca esvoaçar enquanto ela a vestia, e depois seu holoku vermelho; e, quando ele havia chegado perto dela, ela já havia terminado sua toalete, e saído do mar, e lá estava à beira da estrada com seu holoku vermelho, refrescada do seu banho de mar, e seus olhos brilhavam, gentis. Assim que Keawe deitou os olhos nela, ele puxou as rédeas.

"Eu achava que já conhecia todo mundo neste país", disse ele. "Como é que não te conheço?"

"Sou Kokua, filha de Kiano", disse a moça, "e acabei de voltar de Oahu. E o senhor, quem é?"

"Logo hei de dizer-te quem sou", disse Keawe, desmontando do cavalo, "mas não agora. Pois tenho algo em minha mente, e, se tu soubesses quem sou, pois podes ter ouvido falar de mim, talvez tu não me respondesses a verdade. Mas, diz-me, antes de tudo, uma coisa: És casada?"

Nisso, Kokua deu uma risada alta: "Tu és quem faz as perguntas", ela disse. "E tu? És casado?"

"De fato, Kokua, não o sou", respondeu Keawe, "e nunca pensei em ser até este momento. Mas eis a verdade nua e crua. Eu te encontrei aqui à beira da estrada e vi teus olhos, que são como as estrelas, e meu coração bateu ligeiro como um pássaro. E então, se nada quiseres comigo, por favor diz-me agora, e seguirei o meu caminho para minha casa; mas, se não me achares pior do que qualquer outro rapaz, diz-me também, e visitarei a casa do teu pai esta noite, e amanhã conversarei com o bom homem".

Kokua não disse palavra, mas olhou para o mar e riu.

"Kokua", disse Keawe, "se nada disseres, tomarei isto como sendo a boa resposta; e vamos até a casa do teu pai".

Ela seguiu à frente dele, ainda sem dizer palavra; só às vezes olhava para trás e desviava o olhar de novo, e ainda tinha na boca a cordinha do seu chapéu.

Agora, após chegarem à porta, Kiano veio à sua varanda e gritou, dando as boas vindas a Keawe, a quem ele conhecia por nome. E a moça olhou para ele, pois a fama do seu casarão chegara a seus ouvidos; e, certo, era uma tentação imensa. Àquela noite eles comemoraram muito juntos; e a moça era dura como ferro aos olhos dos seus pais, e gozava de Keawe, pois tinha um senso de humor ligeiro. No dia seguinte, ele conversou com Kiano e encontrou a moça a sós.

"Kokua", disse ele, "tu gozaste de mim a noite toda; e é hora de dizer-me adeus. Eu não quis te dizer quem eu era, porque tenho uma casa tão bonita que eu temi que pudesses estimar demais a casa e de menos o homem que te ama. Agora sabes de tudo, e se quiseres que eu me vá de vez, é só dizer agora".

"Não", disse Kokua; mas desta vez ela não riu, nem Keawe perguntou mais.

Era assim que Keawe cortejava; as coisas haviam prosseguido com rapidez; mas, assim rápido é que voa a flecha, e a bala de um fuzil é ainda mais veloz, e, no entanto, ambas acertam o alvo. As coisas correram com rapidez, mas correram longe também, e na cabeça da donzela também ecoavam pensamentos sobre Keawe; ela ouvira sua voz no irromper do mar sobre a lava, e por esse jovem que ela havia visto senão duas vezes só na vida, ela estava disposta a deixar seu pai e mãe e suas ilhas nativas. Quanto ao próprio Keawe, seu cavalo subiu voando o caminho da montanha sob o penhasco das tumbas, e o som dos cascos e o som de Keawe cantando para si próprio de tanto prazer ecoavam nas cavernas dos mortos. Chegou ao Casarão Iluminado e ainda cantava. Ele se sentou para comer na varanda larga, e o chinês ficou maravilhado com seu amo, em ouvir como ele cantava entre as garfadas. O sol descia no mar, e caía a noite; e Keawe andava nas varandas à luz do lampião, altas nas montanhas, e a voz do seu canto surpreendia os homens nos navios.

"Aqui estou agora, no meu ápice", ele disse a si mesmo. "Não tem como a vida melhorar; esse é o topo da montanha; e tudo me aponta para o pior agora. Pela primeira vez, acenderei a luz dos aposentos, e hei de banhar-me em minha sala fina de banho com água quente e fria e dormir sozinho no leito nupcial".

Então o chinês foi avisado, e ele precisava acordar do seu sono para acender a fornalha; e, enquanto trabalhava abaixo, do lado do aquecedor, ele ouvia seu mestre cantando e se regozijando acima, nos aposentos iluminados. Quando a água começou a esquentar, o chinês avisou seu mestre; e Keawe entrou no banheiro, e o chinês ouviu-o cantar enquanto preenchia a banheira de mármore, um canto que era interrompido enquanto ele se despia; até que, de repente, o canto parou. O chinês auscultou e auscultou; andando pela casa inteira atrás de Keawe, para perguntar se tudo estava bem, e Keawe respondeu-lhe, "Sim", e pediu-lhe para que fosse para a cama; mas não houve mais cantoria no Casarão Iluminado; e a noite toda o chinês escutou os pés do seu amo rondando e rondando pelas varandas sem repouso.

Agora, a verdade era essa: conforme Keawe se despia para o banho, ele notou na sua pele uma marca como a marca de líquens numa rocha, e foi então que ele parou de cantar. Pois ele sabia qual a aparência daquela marca e sabia que fora vítima do Mal Chinês. Agora, é triste já para qualquer homem ser vítima desta moléstia. E seria triste para qualquer um ter que deixar uma casa tão bela e cômoda e se despedir de todos os seus amigos para morar na costa norte de Molokai entre o imponente penhasco e o quebra-mar. Mas, e no caso desse homem, Keawe, que apenas ontem conhecera seu amor e a ganhara naquela manhã e agora via, num momento, todas as suas esperanças se despedaçarem, como um pedaço de vidro?

Por um tempo ele ficou sentado na beirada da banheira; então saltou, com um grito, e correu para fora; e foi para lá e para cá, para lá e para cá, pela varanda, como um desesperado.

"De muito bom grado poderia eu sair do Havaí, lar dos meus pais", Keawe pensava. "Com muita facilidade poderia eu deixar a minha casa, neste lugar alto, com todas essas janelas, aqui nas montanhas. Com muita coragem poderia eu ir até Molokai, até Kalaupapa, pelos penhascos, viver com os leprosos e lá dormir, longe dos meus pais. Mas que mal cometi, que pecado repousa sobre minha alma, que eu tenha encontrado Kokua toda fresca do mar da tarde? Kokua, que captura as almas! Kokua, a luz da minha vida! Talvez com ela jamais eu me case, talvez a ela jamais eu veja outra vez, a ela jamais eu toque com minha mão viva; e é por isso, é por ti, ó Kokua!, que derramo minhas lamentações!"

Agora, leitor, deves ter percebido que tipo de homem era Keawe, pois ele poderia ter morado por anos no Casarão Iluminado, e ninguém teria notícia da sua doença; mas ele não pensava assim, se fosse para perder Kokua. E, de novo, talvez pudesse ter se casado com Kokua tal como estava; como tantos outros poderiam ter feito, porque têm espírito de porco; mas Keawe amava com hombridade a donzela e não lhe faria mal, nem lhe poria em perigo.

Um pouco além do meio da noite, veio à sua mente a lembrança da garrafa. Ele voltou à varanda dos fundos e se lembrou do dia em que o diabo espiou de dentro da garrafa; e, com a lembrança, correu gelo por suas veias.

"Coisa pavorosa é essa garrafa", Keawe pensou, "e o diabrete é pavoroso, e é uma coisa pavorosa arriscar as chamas do inferno. Mas que outra esperança posso ter de curar a doença ou casar com Kokua? Mas quê?" ele pensou, "Se eu peitei o diabo só uma vez, para me arranjar uma casa, eu não o encararia outra vez para ganhar Kokua?"

Nisso, ele lembrou que no dia seguinte o *Hall* passaria em seu retorno a Honolulu. "Lá eu devo ir primeiro", pensou, "e ver Lopaka. Pois repousam com ele as minhas maiores chances de encontrar essa mesma garrafa de que eu tanto quis me livrar".

Não pregou o olho à noite; a comida prendia na sua goela; mas mandou uma carta a Kiano, e na hora que soube que o barco à vapor estava por vir, ele desceu pelo penhasco das tumbas. Chovia; seu cavalo seguia com passo pesado; ele olhou para as bocas escuras das cavernas e invejou os mortos que lá dormiam e que não tinham mais angústias; e se lembrou de como havia galopado por lá no dia anterior e ficou estarrecido. Então desceu até Hookena, e lá estava o país todo reunido para ver o navio, como sempre. No paiol diante da loja eles se sentaram e brincaram e passaram as notícias; mas, no peito de Keawe, não havia motivo para conversa, e ele se sentou no meio de todos e olhou para fora, para a chuva caindo sobre as casas e a maré batendo contra as rochas, e os suspiros subiam em sua garganta.

"Keawe, do Casarão, está desanimado", um dizia ao outro. Ele estava, de fato, e não era à toa.

Então veio o *Hall*, e seu barco o trouxe à bordo. A popa do navio estava cheia dos Haoles que vieram visitar o vulcão, como era seu costume; e o meio estava apinhado de Kanakas, e a proa com touros selvagens de Hilo e cavalos de Kau; mas Keawe estava sentado à parte, sozinho com sua tristeza, de olho, querendo ver a casa de Kiano. Lá estava ela, não muito elevada na praia, sobre as rochas negras, à sombra dos cacaueiros, e perto da porta havia um holoku vermelho, não maior do que uma mosca, indo para lá e para cá, ocupada também tal qual uma mosca.

"Ah, rainha do meu coração", ele clamou, "arriscarei caro a minha alma para te ganhar!"

Caíram as trevas logo depois, e as cabanas acenderam as luzes, e os Haoles se sentaram jogando cartas e bebendo uísque, como era seu costume; mas Keawe andou pelo convés à noite toda; e, no dia seguinte, enquanto passavam pelo abrigo dos navios de Maui ou Molokai, ele ainda rondava de um lado para o outro como um animal selvagem num zoológico.

Pelo fim da tarde, eles passaram por Diamond Head e chegaram ao píer de Honolulu. Keawe saiu do meio da multidão e começou a perguntar pelo paradeiro de Lopaka. Parecia que ele se tornara dono de uma escuna — não havia outra melhor do que a dele em toda a ilha — e embarcado numa aventura distante, que ia até Pola-Pola ou Kahiki; por isso não adiantava procurar por Lopaka. Keawe lembrou de um amigo seu, um advogado na cidade (não devo revelar seu nome) e procurou por ele. Disse que ele havia enriquecido de repente e tinha uma nova casa, belíssima, nas praias de Waikiki; e isso fez surgir uma ideia na cabeça de Keawe, e ele chamou um táxi e foi até a casa do advogado.

A casa era novinha em folha, e as árvores no jardim tinham o tamanho de bengalas, e o advogado, quando apareceu, tinha os ares de um homem contente com sua vida.

"Em que posso servir-te?" disse o advogado.

"O senhor é amigo de Lopaka", respondeu Keawe, "e Lopaka comprou de mim uma certa mercadoria que acredito que o senhor possa me ajudar a localizar".

Pairou uma sombra sobre o rosto do advogado. "Não afirmo estar compreendendo mal o que o senhor diz, Sr. Keawe", ele disse, "mas é um mau assunto, este em que procuras mexer. Podes ter certeza de que nada sei, porém tenho um palpite, e se fores atrás de um certo homem, talvez tenhas notícias".

E mencionou o nome de um homem, que, outra vez, é melhor eu não repetir. Assim procedeu-se por dias, e Keawe saiu de um atrás do outro, encontrando por toda parte novas roupas e carruagens e belas casas recém-construídas e homens por toda parte muito contentes, ainda que fosse certo que passava uma nuvem sobre seus rostos sempre que ele mencionasse o assunto.

"Sem dúvida estou na pista certa", Keawe pensou. "Essas roupas novas e carruagens, é tudo presente do pequeno diabrete, e esses rostos alegres são os rostos de homens que tomaram seus lucros e se livraram da coisa maldita em segurança. Sempre que notar um rosto descorando e ouvir um suspiro, saberei que estou perto da garrafa".

Assim aconteceu, enfim, que o indicaram um Haole da rua Beritania. Quando ele veio até a porta, perto da hora da janta, havia as marcas costumeiras da casa nova e o novo jardim e a luz elétrica brilhando nas janelas; mas, quando o dono veio, correu um choque de medo e esperança pelo corpo de Keawe; pois lá estava um jovem, branco como um defunto, e com um negror em torno dos olhos, o cabelo caindo da cabeça, e um tal olhar em seu semblante como o que um homem poderia ter à espera da forca.

"Aqui está, com certeza", pensou Keawe, e assim, com este homem, ele não precisou de modo algum esconder os motivos de sua vinda. "Vim comprar a garrafa", disse ele.

No que pronunciou a palavra, o jovem Haole da rua Beritania se escorou contra a parede.

"A garrafa!" ele disse, se engasgando. "Comprar a garrafa!" Parecia estar se sufocando, e, ao agarrar no braço de Keawe, ele o trouxe até a sala e serviu duas taças de vinho.

"Aqui estão os meus respeitos", disse Keawe, que havia passado muito tempo em sua vida já com Haoles. "Sim", ele acrescentou, "vim comprar a garrafa. Qual é o seu preço agora?"

No que ele disse esta palavra, o jovem deixou a taça de vinho escorregar entre os seus dedos e olhou para Keawe como se fosse um fantasma.

"O preço", diz ele; "o preço! Não sabes o preço?"

"É por isso que te pergunto", replicou Keawe. "Mas por que tanto te preocupas? Há algo errado com o preço?"

"Ele caiu muito em valor desde a tua vez, Sr. Keawe", disse o jovem, gaguejando.

"Bem, bem, tanto menos eu devo pagar por ela, então", disse Keawe. "Quanto ela te custou?"

O jovem estava branco como um lençol. "Dois centavos", disse ele.

"O quê?" indagou Keawe, "dois centavos? Pois bem, então, tu só podes vendê-la por um centavo. E quem comprá-la—" As palavras morreram na língua de Keawe; quem comprá-la jamais poderá vendê-la outra vez, a garrafa e o diabrete na garrafa deverão coabitar com ele até o dia de sua morte e, quando ele morrer, eles deverão carregá-lo até os confins vermelhos do inferno.

O jovem da rua Beritania caiu de joelhos. "Pelo amor de Deus, compra a garrafa!" ele clamou. "Podes ter toda a minha fortuna na barganha. Eu estava louco quando a comprei por esse preço. Eu havia desviado dinheiro em minha loja; não fosse por ela, eu estaria perdido; eu ia para a cadeia".

"Pobre criatura", disse Keawe, "puseste em perigo tua própria alma numa aventura tão desesperada dessas e para evitar o castigo justo de tua própria desgraça; e pensas que eu hesitaria de amor à minha frente. Me dá a garrafa e o troco que tenho certeza que tens já à mão. Aqui está a moeda de cinco centavos".

Foi como Keawe imaginou; o jovem tinha o troco já pronto na gaveta; a garrafa mudou de mãos, e os dedos de Keawe mal tinham agarrado o gargalo que ele murmurou seu desejo de ser um homem limpo. E foi tiro e queda, pois, quando chegou em casa e se despiu diante do espelho, sua pele estava intacta, como a de uma criança. Mas isso que é o estranho: mal ele vira esse milagre, sua mente sofreu uma mudança por dentro, e ele não se importava com nada mais, nem com o Mal Chinês e quase nada com Kokua; e havia nela um único pensamento, o de que ele estava preso ao diabrete na garrafa pelo tempo e pela eternidade, e não havia a menor esperança de qualquer coisa que não tornar-se eternamente uma brasa nas chamas do inferno. Ao longe, à sua frente, ele as viu arder com o olho da sua mente, e sua alma se encolheu e trevas recaíram sobre a luz.

Quando Keawe voltou a si, ele se deu conta de que era noite quando a banda começou a tocar no hotel. Lá ele foi, porque tinha medo de estar sozinho; e, uma vez lá, entre os rostos felizes, ficou andando para lá e para cá, e ouviu a música indo e vindo, e viu Berger bater o compasso, e o tempo todo as chamas crepitavam, e ele via o fogo vermelho arder no poço sem fundo. De repente, a banda começou a tocar *Hiki-ao-ao*; que era a canção que ele cantara junto com Kokua, e, ao ouvi-la, a coragem voltou a ele.

"Está feito agora", pensou, "e mais uma vez aceitarei o que é bom junto com o que é mau".

E assim ocorreu que ele voltou ao Havaí no primeiro barco a vapor, e assim que pôde se casou com Kokua e a carregou subindo a encosta até o Casarão Iluminado.

Agora, com esses dois era assim: quando estavam juntos, o coração de Keawe se aquietava; mas, logo que ficava sozinho, ele caía num horror terrível e ouvia as chamas crepitarem e via o fogo vermelho arder no poço sem fundo. A menina, de fato, viera até ele de corpo inteiro; seu coração saltava entre suas costelas ao vê-lo, sua mão se prendia à dele; e ela tanto se arrumava, do cabelo na cabeça até as unhas dos pés, que ninguém era capaz de vê-la sem se alegrar. Sua natureza em si era agradável. Sempre tinha algo bom a dizer. Era cheia de vontade de cantar e ia para lá e para cá no Casarão Iluminado, a coisa mais iluminada em todos os seus três andares, cantarolando como os passarinhos. E Keawe a contemplava e a ouvia com prazer, e então se encolhia de lado e chorava e gemia de pensar no preço que pagara por ela; e então secava os olhos e lavava o rosto e se sentava com ela nas largas varandas, cantando junto e respondendo aos seus sorrisos, ainda que com o espírito adoecido.

Chegou um dia que os pés dela começaram a pesar, e suas canções se tornaram mais raras; e agora não era apenas Keawe que chorava sozinho, mas cada um se afastava do outro e se sentava em varandas opostas, com toda a largura do Casarão Iluminado entre os dois. Keawe afundara tanto em seu desespero que mal se dera conta da mudança, e só ficou feliz que agora tinha mais horas para ficar sentado sozinho e ruminar o seu destino, sem a condenação de ter que sorrir com o coração adoecido. Mas, um dia, andando calmamente pela casa, ele ouviu o som de uma criança soluçando, e lá estava Kokua, rolando o rosto no chão da varanda e chorando como um dos condenados.

"Fazes bem em chorar nesta casa, Kokua", ele disse. "Mas eu daria a cabeça do meu corpo para que tu pudesses (pelo menos) ser feliz".

"Feliz!" ela exclamou. "Keawe, quando tu moravas sozinho no Casarão Iluminado, eras a própria definição na ilha de um homem feliz; em tua boca só havia risadas e canções, e teu rosto era iluminado como o nascer do sol. Então te casaste com a coitada da Kokua; e sabe o bom Deus o que falta nela — mas, desde aquele dia tu não sorriste mais. Ah!", ela exclamou, "o que me aflige? Eu pensava que eu era bonita e eu sabia que eu o amava. O que me aflige que eu jogo esta nuvem a pairar sobre meu marido?"

"Pobre Kokua", disse Keawe. Ele se sentou ao lado dela e buscou apanhar sua mão; mas ela a afastou dele. "Pobre Kokua", disse outra vez. "Minha pobre criança—minha linda. E eu pensei esse tempo todo estar te poupando! Bem, tu deverás saber tudo. Então, pelo menos, terás pena do pobre Keawe; então entenderás o quanto ele te amou no passado— que ele enfrentou o inferno para possuir-te—e o quanto ele ainda te ama (o pobre danado), que ele ainda consegue ter forças para sorrir quando deita os olhos em ti".

Com isso, ele lhe contou tudo, desde o começo.

"Tu fizeste isto por mim?" ela indagou. "Ah, então o que eu me preocupo!"— nisso, ela o abraçou e chorou sobre ele.

"Ah, criança!" disse Keawe, "E, no entanto, quando considero o fogo do inferno, eu fico bem preocupado!"

"Não me digas", disse ela; "homem nenhum pode se perder só por ter amado Kokua e por nenhum outro pecado. Oras! Tu me amaste e entregaste tua alma e pensas que não morrerei para salvar-te em troca?"

"Ah, minha querida! Podes morrer uma centena de vezes, e que diferença isto faria?" ele lamentou, "Exceto que então eu ficaria solitário até chegar a hora da minha danação".

"Não sabes de nada", disse ela. "Eu fui educada numa escola de Honolulu; não sou nenhuma moça comum. E te digo, salvarei àquele que amo. O que é isto que dizes do centavo? O mundo todo não se limita à América. Na Inglaterra, eles têm uma moeda que chamam de *farthing*, que vale meio centavo. Ah! Tristeza!" ela lamentou, "mas isso não melhora muito, pois o comprador estará perdido, e jamais encontraremos alguém tão corajoso quanto Keawe! Mas, então, tem a França; eles têm uma moeda menor lá, que chamam de cêntimo, cinco deles dão um centavo ou coisa assim. Não temos chance melhor. Vamos, Keawe, vamos até as ilhas francesas; vamos ao Taiti, o mais rápido que os navios podem nos levar. Lá teremos quatro cêntimos, três cêntimos, dois cêntimos, um cêntimo; quatro vendas possíveis para ir e vir; e nós dois seremos incisivos na barganha. Vem, meu Keawe! Me beija e joga a preocupação aos ventos. Kokua irá te defender".

"Dádiva de Deus!", ele clamou. "Não consigo crer que Deus irá me castigar por desejar algo tão bom! Que seja como tu queres, então; me leva aonde quiseres; coloco minha vida e minha salvação em tuas mãos".

De manhã cedo no dia seguinte, Kokua começou seus preparativos. Ela pegou o baú de Keawe que ele levava quando ia navegar; e primeiro colocou a garrafa num canto; então a preencheu com as mais suntuosas roupas e os badulaques mais ousados da casa. "Pois", disse ela, "devemos parecer ser ricos, senão quem vai acreditar na garrafa?" O tempo todo, enquanto fazia os preparativos, ela ia alegre como um pássaro; só quando olhava para Keawe que lágrimas saltavam do seu olho, e ela corria para beijá-lo. Quanto a Keawe, ele estava livre de um peso em sua alma; pois agora que compartilhara seu segredo e tinha alguma esperança à sua frente, parecia um novo homem, seus pés caminhavam leves sobre a terra, e o ar lhe parecia bom outra vez. Mas o terror ainda o espreitava; e de novo e sempre, como o vento apaga uma vela, a esperança morria dentro dele, e ele via as chamas se revirarem e o fogo vermelho arder no inferno.

Avisaram no país que os dois haviam saído para viajar a lazer nos Estados Unidos, e as pessoas estranharam, mas, ainda assim, não era tão estranho quanto a verdade, se qualquer um pudesse adivinhá-la. Assim foram até Honolulu e embarcaram no *Hall*, e de lá no *Umatilla* até San Francisco com um grupo de Haoles, e em San Francisco pegaram sua passagem com o bergantim do correio, o *Tropic Bird*, rumo a Papeete, o principal lugar dos franceses nas ilhas do sul. Para lá eles rumaram, após uma viagem agradável, num belo dia dos alísios, e viram o recife com a maré quebrando, e Motuiti com suas palmeiras, e a escuna correndo dentro, e as casinhas brancas da vila acompanhando, baixas, o litoral entre árvores verdes, e acima as montanhas e as nuvens do Taiti, a ilha da sabedoria.

A seu juízo, a coisa mais sábia a fazer era alugar uma casa, o que eles fizeram, de acordo, de frente à casa do cônsul britânico, para poderem ostentar o dinheiro e se fazerem visíveis com cavalos e carruagens. E isso foi fácil para eles, contanto que estivessem em posse da garrafa; pois Kokua era mais audaciosa que Keawe e, sempre que tinha vontade, convocava o diabrete para que lhes desse uns vinte ou cem dólares. Nesse ritmo, eles logo ganharam renome na vila; e os estranhos do Havaí, com seus cavalos e carruagens, os lindos holokus e a renda suntuosa de Kokua, se tornaram assunto das conversas da região.

Passado o primeiro contato, eles foram se dando bem com o idioma do Taiti, que de fato é parecido com o havaiano, mudando só certas letras; e assim que conquistaram alguma liberdade de discurso, começaram a tentar vender a garrafa. O leitor há de considerar que não era um assunto fácil de introduzir; não é fácil persuadir as pessoas com franqueza, ao oferecer a elas por quatro cêntimos uma fonte inesgotável de saúde e riqueza. Era necessário, além disso, explicar os perigos da garrafa; e então, ou as pessoas desacreditavam na coisa toda e davam risada, ou eram atraídas pela parte mais sinistra, seus rostos nublados com a gravidade do assunto, e se afastavam de Keawe e Kokua, como se de pessoas que tivessem acordos com o diabo. Assim, longe de ganharem espaço, os dois começaram a descobrir que estavam sendo evitados na vila; as crianças saíam correndo deles gritando, o que Kokua achou intolerável; os católicos faziam o sinal da cruz ao passarem em frente, e todas as pessoas começaram a se desvencilhar de suas abordagens.

Uma depressão recaiu sobre os seus espíritos. À noite eles se sentavam na casa nova, após o cansaço do dia e não trocavam uma palavra que fosse, ou então o silêncio era quebrado quando Kokua de repente irrompia em soluços. Às vezes rezavam juntos; às vezes traziam a garrafa até o chão e passavam o fim de tarde assistindo à sombra que pairava no meio dela. Nessas ocasiões, os dois temiam ir dormir. Demorava até que o sono viesse até eles, e, se um dos dois caísse no sono, ao acordar encontrava o outro chorando em silêncio no escuro, ou, talvez, acordasse sozinho, o outro tendo saído de casa e da proximidade da garrafa, para andar sob as bananas no pomarzinho ou vagar na praia sob o luar.

Certa noite, foi assim que Kokua acordara. Keawe saíra. Ela apalpou os lençóis da cama, e o lado dele estava frio. Então o medo recaiu sobre ela, e ela se sentou na cama. Uma réstia de luar passava pelas venezianas. O quarto estava iluminado, e podia ver a garrafa no chão. Lá fora, o vento soprava com força, e as grandes árvores da avenida clamavam alto, e as folhas que caíam chocalhavam na varanda. No meio disso, Kokua se deu conta de um outro som; fosse de homem ou animal, mal dava para dizer, mas era triste como a própria morte e cortava fundo em sua alma. Aos poucos, ela se levantou, escancarou a porta e olhou o pátio iluminado pelo luar. Lá, sob as bananas, estava Keawe deitado, com a boca na terra e gemendo.

A primeira coisa que Kokua pensou foi em ir correr consolá-lo; mas uma segunda coisa em sua mente a deteve com força. Keawe se portara diante de sua esposa como um homem corajoso; não seria digno, em sua hora de fraqueza, que ela invadisse a sua vergonha. E, pensando nisso, ela voltou para dentro da casa.

"Céus!" pensou, "Como fui descuidada — como fui fraca! É ele e não eu quem está exposto a esse perigo eterno; é ele e não eu quem assumiu esta maldição sobre a própria alma. É por mim e pelo amor a uma criaturinha tão indigna e inútil que agora ele contempla diante de si as chamas do inferno — sim, e sente o cheiro da sua fumaça, deitado ali ao vento e ao luar. Acaso tenho o espírito tão embrutecido que nunca até agora pude pressupor qual o meu dever, ou será que o vi antes e o recusei? Mas agora, pelo menos, eu encarrego a minha alma às duas mãos do meu afeto; agora direi adeus aos cândidos degraus do paraíso e as faces ansiosas dos meus amigos. Amor por amor, que o meu se iguale ao de Keawe! Alma por alma, que seja a minha a perecer!"

Ela era uma mulher ligeira com as mãos e logo estava vestida. Apanhou os trocados — os preciosos cêntimos que eles tinham sempre à mão; pois essa moeda raramente é usada e eles precisaram providenciá-las num escritório do governo. Quando estava no meio da avenida, vieram nuvens com o vento, e a lua se obscureceu. A vila dormia, e ela não sabia aonde ir até que ouviu um homem tossindo à sombra das árvores.

"Meu senhor", disse Kokua, "o que fazes aqui fora na noite fria?"

O senhor, um homem de idade, mal conseguia se expressar em meio à sua crise de tosse, mas ela percebeu que ele era velho e pobre, e um estranho na ilha.

"Podes me fazer um favor?" disse Kokua. "De um estranho ao outro, e de um senhor a uma jovem moça, podes ajudar uma filha do Havaí?"

"Ah", disse o senhor de idade. "Então, tu és a feiticeira das oito ilhas, e mesmo a minha alma envelhecida tu buscas enredar. Mas eu já ouvi falarem de ti e resistirei à tua perversidade".

"Senta aqui", disse Kokua, "e deixa que eu te conte uma história". E lhe contou a história de Keawe do começo ao fim.

"E agora", disse ela, "eu sou sua esposa, a quem ele comprou pelo preço do bem estar da sua alma. E o que devo fazer? Se eu fosse, eu mesma, até ele e me oferecesse para comprá-la, ele recusaria. Mas, se tu fores, ele há de vender-te a garrafa com pressa; hei de aguardar-te aqui; irás comprá-la por quatro cêntimos, e eu a compro de ti de novo por três. E que o Senhor dê forças à pobre coitada aqui!"

"Se estiveres sendo falsa", disse o senhor de idade, "creio que Deus iria afligir-te de morte".

"Ele bem que iria!" clamou Kokua. "Podes ter certeza. Eu não seria tão pérfida—Deus não o toleraria".

"Me dá os quatro cêntimos e aguarda por mim aqui", disse o senhor.

Agora, nesse tempo em que Kokua ficou lá sozinha na rua, seu espírito morreu. O vento rugia nas árvores e seu ruído lhe parecia o das chamas do inferno; as sombras balançavam à luz do poste da rua, e lhe pareciam as mãos dos espíritos malignos vindo apanhá-la. Teria fugido, se tivesse a força para isso e teria gritado, se tivesse fôlego; mas, na verdade, não conseguia fazer nem um, nem outro e ficou lá, tremendo na avenida, como uma criança atemorizada.

Então avistou o senhor de idade voltando, e tinha a garrafa em mãos.

"Fiz como pediste", disse. "Deixei o seu marido lá chorando como uma criança; esta noite dormirá tranquilo". E ele estendeu a garrafa.

"Antes de me devolveres", Kokua disse, ofegante, "podes aceitar o que é bom junto com o que é mau — e pedir para seres curado da tua tosse".

"Eu sou um velho", respondeu o outro, "e estou perto demais da cova para aceitar favores do diabo. Mas o que há? Por que não tomas a garrafa? Estás hesitando?"

"Hesitando, não!" reclamou Kokua. "Só estou fraca. Me dá um momento. É que a minha mão resiste, minha carne se encolhe diante desta coisa maldita. Um momento só!"

O senhor olhou para Kokua com bondade. "Pobre criança!" disse ele, "Tens medo; tua alma te causa receio. Bem, deixa que eu fico com ela então. Sou velho e nunca mais poderei ser feliz neste mundo, e, quanto ao próximo —"

"Dá a garrafa para mim!" pediu Kokua, com um suspiro. "Aqui está o teu dinheiro. Tu pensas que eu seria vil assim? Me dá a garrafa".

"Deus te abençoe, criança", disse o senhor de idade.

Kokua escondeu a garrafa sob o seu holoku, despediu-se do senhor e andou pela avenida, sem se importar aonde ia. Pois não eram todas as estradas a mesma para ela e levavam igualmente ao inferno? Às vezes caminhava, às vezes corria; às vezes gritava na noite e às vezes se jogava no pó, do lado da estrada, e chorava. Tudo que ouvira sobre o inferno lhe voltava; ela via as chamas arderem e sentia o cheiro da fumaça, e sua carne murchava nos carvões.

Perto do amanhecer, ela se recompôs e voltou para casa. Era como o senhor dissera — Keawe dormira pesado com uma criança. Kokua parou e mirou seu rosto.

"Agora, meu marido", ela disse, "é a tua vez de dormir. Quando despertares, será tua vez de rir e cantar. Mas, quanto à pobre Kokua, que dó! Que nada de mal desejei — à pobre Kokua, não mais terá sono, nem cantoria, nem prazer, seja na terra, seja no céu".

Com isto, ela se deitou na cama ao seu lado, e sua miséria era tão extrema que caiu em sono profundo num instante.

Mais tarde naquela manhã, seu marido acordou e lhe deu as boas novas. Parecia que ele estava bobo de tão feliz, pois não prestou qualquer atenção ao que lhe afligia, por pior que fossem suas tentativas de dissimular. As palavras ficavam presas na sua boca, não importava; Keawe era quem falava. Ela não comeu nada, mas quem a notaria? Pois Keawe limpou os pratos. Kokua o via e ouvia, como se fosse alguma coisa estranha num sonho; havia vezes em que ela esquecia ou duvidava, e levava as mãos ao cenho; saber-se condenada e ouvir seu marido tagarelar lhe parecia algo tão monstruoso.

O tempo todo Keawe comia e falava, planejando o retorno do casal e agradecendo-lhe por tê-lo salvado, dizendo-lhe que ela fora, afinal, sua ajudante de verdade. Ele riu do senhor de idade que fora tolo o bastante para comprar a garrafa.

"Um senhor digno ele me pareceu", Keawe disse. "Mas ninguém pode julgar pelas aparências. Pois por que o velho réprobo iria desejar a garrafa?"

"Amado", disse Kokua, humildemente, "pode ter sido por um bom motivo".

Keawe riu como um homem furioso.

"Ora bolas!" gritou Keawe. "Um velho patife, eu te digo; e um velho asno, de quebra. Já foi duro vender a garrafa a quatro cêntimos; a três será bem impossível. A margem não é ampla que baste, a coisa começa a ter cheiro de fogo — brr!" disse ele e tremeu. "É verdade que eu mesmo a comprei a um centavo, quando eu não sabia que havia moedas menores. Fui tolo, por causa dos meus males; jamais haverá outro: e quem quer que estiver com esta garrafa agora a levará ao fosso".

"Ó, meu amado!" disse Kokua. "Não é uma coisa terrível salvar-se com a ruína eterna de outra pessoa? Me parece que eu não consigo rir. Eu ficaria humilhada. Ficaria cheia de melancolia. Eu rezaria pelo coitado que está com a garrafa".

Então Keawe, por ter sentido a verdade daquilo que dissera, se enfureceu ainda mais. "Arre!" gritou. "Podes ficar toda melancólica, se quiseres. Não é coisa de boa esposa. Se tivesses consideração por mim, ficarias envergonhada".

Nisso ele saiu, e Kokua ficou sozinha.

Que chance ela teria de vender a garrafa a dois cêntimos? Nenhuma, ela percebeu. E, se tivesse alguma chance, aqui seu marido vinha com pressa levá-la a um país onde não tinha moeda menor do que um centavo. E aqui — na véspera do seu sacrifício — seu marido saía e colocava a culpa nela.

Nem quis tentar aproveitar o tempo que lhe restava, mas sentou-se na casa e ora tinha a garrafa à vista e a observava com um medo impronunciável, ora, com desdém, a tirava de sua frente e a escondia.

Depois de um tempo, Keawe voltava e se oferecia para levá-la para passear.

"Estou doente, meu amado", ela disse. "Estou desalentada. Me perdoa, pois não consigo ter o menor prazer".

Foi então que Keawe ficou mais enfurecido do que nunca. Com ela, porque achou que ela estivesse triste por causa do velho; e com ele mesmo, por achar que ela tinha razão e ter vergonha de estar tão feliz.

"Esta é a tua verdade", gritou, "e este é o teu afeto! Teu marido se salva da ruína eterna, que ele encontrou por amor a ti — e tu não consegues ter o menor prazer! Kokua, que coração desleal o teu".

Ele saiu de novo, furioso; e vagou pela cidade o dia inteiro. Encontrou-se com amigos e bebeu com eles; contratou uma carruagem e foi até o campo, e lá bebeu outra vez. O tempo todo Keawe estava desconfortável, pois estava tendo seu passatempo enquanto sua esposa estava triste, e porque sabia no seu âmago que ela tinha mais razão do que ele; e esse reconhecimento o fez beber com ainda mais vontade.

Agora, havia um Haole velho e bruto bebendo com ele, que fora contramestre de um navio baleeiro, um foragido, um garimpeiro nas minas de ouro, um condenado nas prisões. Tinha a mente perversa e a boca suja; amava beber e ver os outros bêbados; e empurrava o cálice para que Keawe bebesse. Logo não havia mais dinheiro em suas companhias.

"Aqui, tu", disse o contramestre, "tu és rico, dizias por aí. Tens uma garrafa ou alguma baboseira".

"Sim", diz Keawe, "sou rico; vou voltar lá e pegar um dinheiro com a minha esposa, que é quem o guarda".

"Má ideia, companheiro", disse o contramestre. "Nunca confies teus dólares num rabo de saia. Elas são todas falsas que nem água; fica de olho nela".

Agora, esta frase grudou na mente de Keawe; pois estava atordoado com o que vinha bebendo.

"Não devo ficar surpreso, mas ela bem que foi falsa mesmo", pensou ele. "Por que outro motivo ficaria tão triste com a minha libertação? Mas vou mostrar a ela que não sou um homem que dá para fazer de bobo, irei pegá-la no ato".

De acordo, Keawe, assim que voltaram à vila, pediu ao contramestre que aguardasse por ele na esquina, pelo velho calabouço, e subiu a avenida sozinho até a porta da casa. A noite caíra outra vez; havia uma luz lá dentro, mas som nenhum; e Keawe chegou devagar pela esquina, abriu a porta dos fundos com cuidado e olhou para dentro.

Lá estava Kokua no chão, com o lampião ao lado, diante dela havia uma garrafa de um branco leitoso, com um fundo redondo e um gargalo longo; e, ao observá-la, Kokua torcia as mãos.

Um tempão Keawe ficou lá, olhando pela porta. A princípio ficou estultificado; e então um medo recaiu sobre ele, de que houvera algum erro na barganha e a garrafa tivesse voltado para ele como voltou em San Francisco; e nisso seus joelhos se afrouxaram, e os vapores do vinho deixaram sua cabeça como as névoas de um rio pela manhã. E então ele pensou em outra coisa; e foi uma coisa estranha, que fez suas faces queimarem.

"Devo ter certeza disso", pensou.

Então, fechou a porta e dobrou, com cuidado, a esquina outra vez, e entrou ruidosamente, como se tivesse apenas agora retornado. E eis que, quando abriu a porta da frente, a garrafa sumira; e Kokua, sentada numa cadeira, deu um pulo como se recém-despertada do seu sono.

"Estive bebendo o dia todo e comemorando", disse Keawe. "Andei com boas companhias e agora só voltei para pegar dinheiro e voltar a beber e festejar com eles de novo".

Tanto seu rosto quanto seu tom de voz estavam tão severos quanto uma sentença, mas Kokua estava perturbada demais para observar.

"Faz bem de usares o teu, meu marido", diz ela, e suas palavras tremiam.

"Ó, tudo anda bem para mim mesmo", diz Keawe, enquanto se dirige rumo ao baú e apanha o dinheiro. Mas ele olhou para o canto, onde guardavam a garrafa, e não havia garrafa alguma lá.

E nisso, o baú pesou no chão como uma nuvem marinha e a casa girou ao seu redor como um círculo de fumaça, pois ele viu que estava perdido agora e não havia escapatória. "É como eu temia", ele pensou. "Foi ela quem a comprou".

E, aos poucos, ele se recompôs e levantou; mas o suor escorria de seu rosto, grosso como chuva e tão gelado quanto água do poço.

"Kokua", disse ele, "eu te disse hoje que mal me acometeu. Agora retorno para festejar com meus alegres companheiros", e nisso ele riu um pouco, baixinho. "Terei mais prazer no vinho se tu me perdoares".

Ela abraçou os joelhos dele num instante; beijando seus joelhos com lágrimas a escorrer.

"Ó", ela clamou, "eu só te pedia uma só palavra gentil!"

"Que nunca mais pensemos coisas ruins um do outro", disse Keawe e saiu da casa.

Agora, o dinheiro que Keawe apanhou eram apenas os cêntimos que reservara quando chegaram. É certíssimo que ele não tinha mais cabeça para beber. Sua esposa lhe dera sua alma por ele, agora ele deveria dar a sua pela dela; não havia nele nenhum outro pensamento no mundo.

Na esquina, pelo velho calabouço, aguardava o contramestre.

"Minha esposa está com a garrafa", disse Keawe, "e, a não ser que possas me ajudar a recuperá-la, acabou o dinheiro e o trago por hoje".

"Tu não queres dizer que estavas falando sério sobre a garrafa?" indagou o contramestre.

"Olha aqui na luz", disse Keawe. "Eu tenho cara de quem estava brincando?"

"É mesmo", disse o contramestre. "Tens a cara séria como um fantasma".

"Bem, então", disse Keawe, "aqui estão os dois cêntimos; deves ir até a minha esposa em minha casa, e oferecê-los pela garrafa, o que (se eu não me engano) ela deverá te dar na hora. Traz a garrafa até aqui e eis que eu hei de comprá-la de volta de ti por um cêntimo; pois tal é a lei da garrafa, que deve ser vendida por uma soma menor. Mas o que quer que tu faças, não digas uma única palavra a ela de que foste enviado por mim".

"Companheiro, eu me pergunto, tu não estás me fazendo de besta?" perguntou o contramestre.

"Mal não faz se eu estiver", replicou Keawe.

"Assim me parece, companheiro", disse o contramestre.

"E, se duvidares de mim", acrescentou Keawe, "podes experimentar. Assim que estiveres fora da casa, podes desejar ter o bolso cheio de dinheiro ou uma garrafa do melhor rum, ou o que tu quiseres, e verás a virtude da coisa".

"Muito bem, Kanaka", diz o contramestre. "Vou experimentar; mas, se estiveres gozando de mim, gozarei de ti também com a malagueta".

Então o baleeiro foi pela avenida; e Keawe ficou lá esperando. Foi quase o mesmo ponto no qual

Kokua aguardara na noite anterior; mas Keawe estava ainda mais resoluto e em nada hesitou em seu propósito; apenas sua alma se amargurava em desespero.

Parecia que estivera esperando por muito tempo, até que ouviu uma voz cantando nas sombras da avenida. Ele conhecia a voz, era a do contramestre; mas era estranho o quanto ele parecia ter ficado mais bêbado de repente.

Na sequência, o próprio homem surgiu, cambaleando à luz do poste. Tinha a garrafa do diabo abotoada dentro do casaco; e outra garrafa em punho; e, enquanto chegava ao seu campo de visão, ele a levava à boca e bebia.

"Tu a compraste", disse Keawe. "Isso dá para ver".

"Tira a mão!" gritou o contramestre, com um pulo para trás. "Mais um passo e eu te arrebento a fuça. Pensas que podes fazer de gato e sapato comigo, hein?"

"O que queres dizer?" indagou Keawe.

"Dizer?" indagou o contramestre. "Esta é uma garrafa bem das boas, é mesmo; é isso que eu quero dizer. Como foi que eu a comprei por dois cêntimos, não sei ao certo; mas nem a pau tu vais comprá-la por um".

"Queres dizer que não vais vendê-la?" disse Keawe, engasgando-se.

"Não, senhor!" clamou o contramestre. "Mas te dou um gole do rum, se quiseres".

"Eu te digo", Keawe lhe falou, "que o homem que estiver com a garrafa vai para o inferno".

"Eu sei que eu já vou de qualquer jeito", replicou o marinheiro; "e esta garrafa é a melhor coisa que eu já achei até hoje. Não, senhor!" clamou outra vez, "esta garrafa é minha agora, e tu podes ir e procurar outra para ti".

"Será possível?" Keawe indagou. "Pelo teu bem, eu imploro que tu a vendas para mim!"

"Não dou a mínima para o teu papo", replicou o contramestre. "Pensavas que eu era um trouxa; agora vês que não sou; e acabou. Se não fores dar um gole do rum, eu mesmo dou. Aqui, um brinde pela tua saúde e boa noite para ti!"

Nisso, ele desceu a avenida rumo à vila, e lá se foi a garrafa embora da história.

Mas Keawe correu até Kokua, leve como o vento; e grande foi a alegria dos dois naquela noite; e grande também, desde então, foi a paz em todos os seus dias no Casarão Iluminado.

Sobre o autor

Robert Louis Stevenson (1850-1894) nasceu em Edimburgo e começou sua carreira cedo. Na infância, escrevia compulsivamente e o pai via com bons olhos esta atividade, tanto que financiou seu primeiro livro aos 16 anos, *The Pentland Rising: a Page of History*. A família esperava que continuasse os negócios do pai e se tornasse engenheiro, mas Stevenson anunciou que seguiria o caminho das letras. O pai não o proibiu, mas exigiu que se tornasse advogado para ter segurança financeira. Stevenson tinha saúde frágil e sempre estava à procura de um lugar que o fizesse sentir melhor. Foi durante esta busca que encontrou Bournemouth, uma cidade costeira da Inglaterra, onde escreveu seus trabalhos mais conhecidos, *O estranho caso do Dr. Jekyll e Sr. Hyde*, *A ilha do tesouro* e *Raptado*. Passou seus últimos anos em Samoa, na cidade de Vailima, e adotou o nome Tusitala (em samoano, contador de contos). Morreu aos 44 anos e seus livros continuam tão populares quanto em sua época. É um dos autores mais traduzidos do mundo.

Este livro foi produzido no Laboratório Gráfico
Arte & Letra, com impressão em risografia, serigrafia
e encadernação manual.